NA TEIA DO MORCEGO
JORGE MIGUEL MARINHO

GAIVOTA

Na teia do morcego
Copyright © Jorge Miguel Marinho

Revisão América Marinho, Eugênia Souza
e Jefferson da Silveira Pereira
Capa e projeto gráfico Casa Rex
Coordenação editorial Elisa Zanetti

1ª edição – 2012

Dados Internacionais de Catalogação na Publicação (CIP)
(Câmara Brasileira do Livro, SP, Brasil)

Marinho, Jorge Miguel
  Na teia do morcego / Jorge Miguel Marinho. –
São Paulo : Editora Gaivota, 2012.

  ISBN 978-85-64816-29-9

  1. Ficção - Literatura infantojuvenil
  I. Título.

12-08782   CDD-028.5

Índices para catálogo sistemático:
1. Literatura infantojuvenil 028.5
2. Literatura juvenil 028.5

Edição em conformidade com o acordo ortográfico da língua portuguesa.

Todos os direitos desta edição reservados à Editora Gaivota Ltda.
Rua Coronel José Eusébio, 95 – Vila Casa 119-A
Higienópolis – CEP 01239-030
São Paulo – SP – Brasil
Tel: (11) 3081-5739 Fax: (11) 3081-5741
E-mail: gaivota@editoragaivota.com.br
Site: www.editoragaivota.com.br

A reprodução de qualquer parte desta obra é ilegal e configura uma apropriação indevida dos direitos intelectuais e patrimoniais do autor.

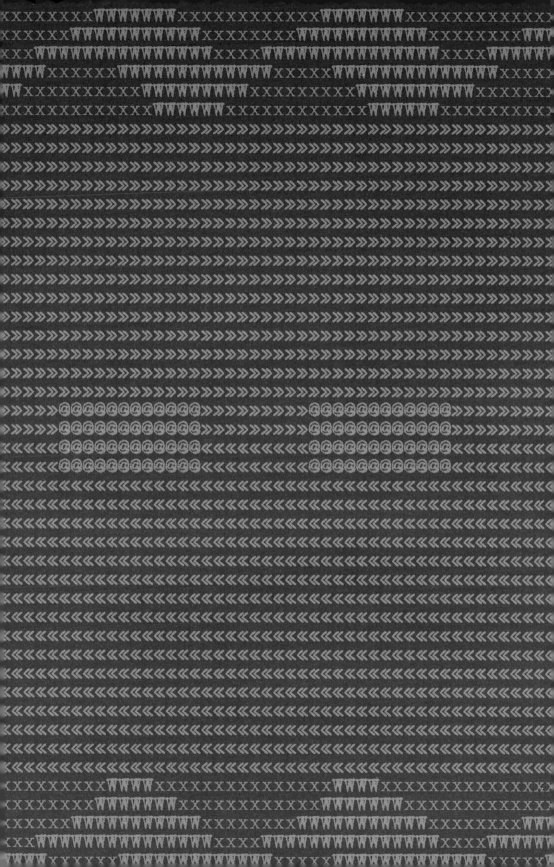

Para os meus heróis de "quadrinhos afetivos" José Renato das Neves, Luiz Paulo Grinberg e Rodrigo Palma que cultivam a delicadeza de cuidar do outro.

"RRRRR... Marginais decrépitos e indecentes, escória da humanidade, ouçam-me de uma vez por todas. Vocês destruíram a vida de Gotham City, infestaram o corpo e deturparam a alma de uma cidade. Esse jogo de loucos e assassinos já está durando tempo demais. Basta, animais! De agora em diante eu estarei presente em seus pensamentos e transformarei todos eles em pesadelos. Vocês não terão um sopro de sossego enquanto a minha capa se abrir aos ventos da ordem e da moral. Eu sou o Cavaleiro das Trevas e a cara da lei ganhou um outro nome para sempre. O meu nome: Batman! Lembrem-se bem de mim quando o mais tímido impulso para o crime habitar a região mais obscura das suas mentes. A matéria-prima dos meus olhos é feita de vigília e a noite é minha enseada, minha pátria, meu lugar. E saibam, raça espúria: cada fibra do meu ser grita por justiça!"

B.

Nasce mais um dia na Consolação, mas a luz não ilumina as trevas que dominam esse lugar bem distante de Gotham City.

O centro de São Paulo nunca esteve tão sozinho, pesado, agressivo em cada beco da desolação e do crime. Há fumaça no ar, preta e pegajosa, e os indigentes caminham famintos e sem direção. As mulheres não falam, apenas puxam os filhos pelas orelhas e pelas mãos. Os carros e os ônibus gritam a agonia calada dos passageiros que rangem os dentes.

Há silêncio no ar e sonhos também. Sonhos ainda sem vozes, mas sonhos de verdade.

CRUNCH, CRUNCH, CRUNCH... É a trilha sonora, regular e monótona, dessa cidade que clama por aventura. Se possível, aterradora.

•••
WHAT'S HAPPENING?

jonnylittle

"Cantaremos o medo, que esteriliza os abraços,
não cantaremos o ódio porque este não existe,
existe apenas o medo, nosso pai e nosso companheiro."
#édeBatmanouDrummond?

ZAPT... Batman, Go Home

```
                                                                       A
                                                                      CIQ
                                                                   CPENWAZJLONG
                                                                  DPIHGOKNJVWASF
                                                                 OBUIMPDEHMBTQNVPAS
                                              ·ACDNEQD·                ·VGJHCNTOBFAHETXHFCHUJ
                                              YVXQZSHOPHL·             ·EVFIMGVNPZIOFGTHACGRW
                                             ·PGNEIFLANZELRNZPEBGMAZPFLIVBAOQALCNAZCPEU
                                              CLZAPGNEIFLACNAZTLADZMOBPZNEQDKHCPANQEMFL
                                              LTCAYLFBPZRQPVNEPZVOLPQRCPACNALBXIEOOENFX
.APZBALTCAY·                                  HCNTOBFAHETXHFCHUAPQNGEOCNASIGPAMKCZPVLAF
.CZAIUDSMOS·                                 ·AENTLADZMOBPZNEQALFOEZJLONGTECKOAFXLANWOE
.RJOBENCKBG·                                  GMKCZPVLANQOGMVPENBLABDLZPJGCIDMPAEQLGIED
.IFLACNAZAD·                                 ·SFTGUCNZPHECNASIGVOABEMBZQEOREPHMAPDTLCAV
.KFJGCIDMXV·                                  NFPZCNGOANVLZPVNFAXHKZMDKLCAXPBEGZHNZVLEA
.CIDAQEBVLQ·                                  OANVLZPVNFAXHKZMDKLCAXPBEOANVLZPVNFAXHKZM
.LPQRCPACNA·                                 ·*MUVNAPQLZRVPNBPZNBEAQLERMBGPARCLZAPGNEIF
.NFXDLAODPZ·                                  NELGJDIAOPCNALBXIEOZNBPZNBEAQLERMBGPARCLLCA
.TCAYLFBPZR·      ·TKUFZ·                    ·XOKLPCXSRNKMLXFUYVSALICLZAPGNEIFLACNAZADKQP
.OLPQRCPACN·      ·IXLMQNE·                   CBZAPZBALTCAYLFBPZRQCWLVRCETYMBCGNEIFLACNAZ
.NALGOENFXC·      ·PRNCFLA·                  ·RUFVIHGOKNJVWASENZPFNDLAODPZLQWFNIYVXQZSHOF
.PBIDOHMXOV·      ·SGELCND·                   NNWOEGHDETYMBCDEROPJFAZWNZAOHTVOPEBGMANBLNZ
.JDIAOPCNAL·     ·OCBZAPZBGRALQ·             ·KCZPVLANQOGMVLACIANEBHGMKIHUPOIQWEQEWGKNACP
.NBEAQLERMB·      FLACNAZAPZNVLE·             OBUIMPDMAZPFLIVBAOQALCNAZADKGAENCOANGSCNNZZMR
.PBEGZHNZAL·FOEGPARCLZAPGNEI·                 NZFDRUFVIHGOKNJVWASFTGUCNZPHECNASIGPAMKCZPVL
.VLZPVNFAXHKZMDKLCAXPBEGZHNZ·                ·NEQALFOEZJLONGTECKOAFXLANWOEGPARCLZAPGNEIFLAC
.ZBALTCAYLFBPZRQCWLVRCZAIPBI·                ·DLXPSIZKSPZHTUDSMOSCPBALBHRJOBENCKBGOEMXABPGT
.ICQPDALZBIENNWOEGPARCLZAPGN·                 ZPENVFLWCNAFCPOQFECAGASDJADKEPVMAHNDIFEPIDVPVMD
.LADZMOBPZNEQDKHJZCNGOANVLZP·
.KALFOE·OVNETMJECVDAZJLONGTECKJIZLAQRNBIEIFLACNAZADKHJDENFKFJCNAVMXOEALVLZPVNFA
.OPNBIEIFLACNAZADKHJDENFKFJFDRUFVIHGOKNJVWASEADKHJDLXFIYVXQZSHOPHTVLZPVNFAXHKZM
.GPARCLZAPGNEIFLACNAZTLADZMOBPZNEQDKHJZCNGOANVLZPVNFAXHKZMDKALFOEGPARCLZAPGNEIO
.GJHCNTOBFAHETXHFCHUJFNZFDRUFVIHGOKNJVWASFTGUCNZPHEALCAGPARCLZAPGNEIFLACNAZADKH
.CPLIENZPFNDLAODPZLQWZPGLGOENFXLANWOEGPARCLZAPGNEIFLACNAZADKHJDLXFUYVSALIELGNRZ
.BIENFLDNAPQNRPRNHAVOIEMUVNAPQLZRVPNBPZNBEAQLERMBGPARCLZAPGNEIFLACNAZADKHJDENFK
.GEGZALFNQZGJLANCIOZLCIDMXVOMZCDJIFDRSXHNOHTVOZAQEOCNASIGPAMKCZPVLANQOGMVPENBLA
.UCNZPHECNASIGPAMKCZPVLANQOGMVBALBHRXVQCWLVRCZAIUDSMOSCPBALBHRJOOMZCMJECVDAZJEO
.APDKPZCNGOANVLZPNZFDRUFVIHGOKNJVWASFTGUBLNZELRNZPEBGMRZPFLIVBAOQALEGNEPCNAVCFD
.GJDIAOPCNALBXIPQRCPACNALBXIEOZNALGOENFXLANWOEGHDETYMBCDEROPJFAZAHPMEBTJKPLAZDE
.ZCNGOANVLZPVNFPBNAPFKCHMEBTJKCMJECVDAAPQNGEOCNASIGPAAHPMEBTJKPLAZDEBNOTCAMENVU
.EIFLACNAZADKHJDENFGTFVKLMTUBFSPZHTUDSMOSCPBALBHRJOBENCKBGOEMXLZOTNKABFPQAHDCZH
```

```
ALG""""ICLZAP"
FQH""""ANZELR"
BGMAZPFLIVBA"
NAZADKHJDENF"
ZSHOPHTVLZPV"
FAHDETYMBCGN"
EIFLACNAZADK"
LFBPZRQCWLVRCZAIPBIDEGN"
LPCXSRNKMAPENBLNZELRNZPEBGMAZPFLIVBYVSALIELGNRZVREAPZNEPQREZLBA"
BDLZPENUZLBIEBAPGMDBYFCESNOKLPCXSRNKMAPENBLNZELRNZPEBGMRZPFLIVB"
ENNWOEGPARCLZAPGNEIFLACNAZTLADZMOBPZNEQDKHJZCNGOANVLZPVNFAXHKZM"
QALLFBPZRQCWLVRCZSFTGUCNZPHECNASIGVOABEMBZQEOREPHMAPDTLCAVOABEO"
LAODPZLQWFNIYVXQZSHOPNFPZCNGOANVLZPVNFPBNAPFKCHMEBTJKPLAZDELZPNQ"
OHYNMPQZREVGNIUTXNFNZFDRUFVIHGOKNJVWASFTGUCNZPHEALCADLXPSIZKSPZH"
PENGAENCOANGSCNEDLXFUYVSALIEFEJOBUIMPDEHMBTDZBPMCPAETYMBCDEROPJF
ZAPZBALTCAYLFBCNTOBFAHETXHVPANELZBIENTLADZMOBPZNEQALFOEGPARCLZAM
ZQEOXBSVNAPQLZRVPNBPZNBEAQLIZBEITAENTLADZMOBPZNEQALFOEZJLONGTECK
ALTCAYLFBCNTOBFAHETMXVYFCESNOKLPCXSRNKMAPENBLNZEYEGAOHDOHICHADLR
BGMAZPEJOBUIMPDEHFLIVBAOQALEGNEPCNOMZCMJECVDAHXBSIZBEITAZJLONPHE
GPAMKCZPVLANQOGMVPENBPDJIFDRSXHNOHTVOLABDLZPJIEFOEGPARCLZAPGNEIF
ALICLZAPGNEIFLANZELRNZPEBGMAZPFLIVBAOQALCNAZADKHJZCNGOANVDFNELGN
VSALICLZAPGNEIFLACNAZADKHJZCNGOANVLZPVNFAXVRCZAIUDSMOSCPBALBHRJO
MDKLCAXPBEGZHNZVLEAOCBZAPZBALTCAYLFBPZRQCWLVRCZAIPBIDOHMXOVUZEIC
FEJOBUIMPDEHMBTDZBPMCPACLZAPGNEIFLACNAZTLADZMOBPZNEQDKHJZCNGOANV
NFAXHKZMDKALFOEGPARIFLACNAZADKHJDENFKFKHJDENFKFJGCIDMXVOMDEROPJF
NZAPZBMKCZPSMOSCPBALBHRJOBENCKBGOEMXLZOTNKENIFKQOCPEMOZDXOVNETME
NQNVPASNGMCNEPXIPCZKENAIOENBYFCESNOKLPCXSRNKMLXFUYVSALICLZAPGNEIFLACNAZADKHJZCN
MGVNPZIOFGTHACGKHAPQNVOZNLANBLABDLZPENUZLBIEBAPGMDBYFCESNOKLPCXSRNKMAPENBLNZEL
OHYNMPQZREVGNIUTBFNZFDRUFVIHGOKNJVWASFTGUCNZPHEALCADLXPSIZKSPZHTUDSXBSIZTICDAZ
NEPCNAVMXOENIFKQODLXPSIZKSPZHTUDSMOSCPBALBHRJOBENCKBGOEMXADKHJDENFKFJFDRUFVIHG
RUTIGPROCPFEBKOCNECPZEBAPFPRNHAVOIEMUVNAPQLZRVPNBPZNBEAQLERMBGPSFTGUCNZPHEALCA
XVOMZCMJECVDAZJEESNOKLPCXSRNKMAPENBLNZELRNZPEBGMAZPFLCNAZTLADZMOBPZNEQDKHJZCNG
PENGAENCOANGSCNYLXFUYVSALIFEJOBUIMPDEHMBTDZBPMCPAETYMBCDEROPJFAZWNZAPZBALTCAYL
```

— Alôôô! Você ainda está aí, Rosaly?

— É claro, homem! A velhice me deixou cega, mas não sem ouvidos.

— Não diga isso. Você é muito mais nova do que eu e está cantando melhor do que nunca.

— De que adianta, Horácio? Entrevada nessa cadeira, cega!

— Lá vem você outra vez com essa conversa. Que cega coisa nenhuma.

— Pior do que as trevas é ver que nem você, o meu único amigo, acredita em mim.

— Pelo visto nem o seu marido, Rosaly!

— Isso aqui é um traste que perdeu completamente a audição porque só ouve a si mesmo.

— É um artista como você e sobretudo um bom homem.

— Tão bom que agora deu de mudar os móveis de lugar que é pra eu me aleijar também!

— Você sabe muito bem que ele precisa de espaço pra dançar.

— A única vantagem da minha cegueira é não ter que ver a coreografia desse asno com sapatilhas de balé.

— A sua descrição parece muito precisa pra quem não vê mais do que sombras!

— Você acha mesmo, não é, Horácio, que eu seria capaz de inventar uma tragédia dessas? Escuta aqui, seu velho gagá: eu não sou da natureza dos morcegos que preferem a escuridão!

— Os médicos é que diagnosticaram o seu mal como cegueira voluntária.

— Os médicos seriam excelentes ficcionistas se trocassem o bisturi por uma caneta.

— Ihhh, já vem a sabichona com essa conversa de intelectual! Acho melhor você desligar esse telefone e cantar, bem aí da sua sacada, uma das suas árias que é a única coisa que você sabe fazer.

— Impossível. Hoje eu me sinto como se a minha garganta estivesse crivada de agulhas!

— Então falamos amanhã.

— Ao menos termine a história da moça.

— Que moça?

— A suicida, homem!

— Ah, sim. Imagine você que estão dizendo que não foi acidente nem suicídio.

— E foi o que então?

— Homicídio. Parece mesmo que mataram a Abigail.

— Depois de tanto tempo e agora eles vêm com essa?

— Tudo indicava que ela tinha se atirado da sacada.

— E se atirou mesmo, oras!

— Acontece que encontraram marcas de unhas nas costas dela, compreende? A suspeita é que a moça foi empurrada. Violentamente!

— Que absurdo! A polícia não tem mais o que inventar mesmo!

— Há também vestígios de mordida na altura da nuca. Sei lá...

— Marcas de safadeza você quer dizer?!

— Não ponha palavras na minha boca!

— E nem você me obrigue a descrever a que ponto chega a pouca vergonha desses animais!

— Não é nada disso, Rosaly. Os exames de corpo delito comprovaram que ela foi atacada por trás.

— Por trás, não é? Pois eu lhe garanto, meu caro Horácio, que as moças de hoje não se contentam com os prazeres naturais.

— Deixe de ser maldosa!

— Eu não vi coisa alguma porque Deus me privou da visão. Mas me contaram que ela se deitava com dois, às vezes até com três. Está aí a origem das marcas!

— São marcas de unhas estreitas e compridas. Unhas de mulher, entendeu?

— Então o suspeito é uma mulher?

— Exatamente!

— Só falta você me dizer que o assassino deixou um absorvente usado no local do crime.

— O que seria ótimo para as mulheres da sua idade que nem iam precisar de um álibi.

— Fique sabendo que eu ainda menstruo, seu velho indecente!

— A insistência faz parte do seu perfil, Rosaly.

— E a grosseria do seu caráter, Horácio.

— Não sei por que você faz questão de afastar as evidências.

— E você de distorcer os fatos.

— Os fatos indicam que na noite do crime ela estava na janela fumando...

— E com os olhos pregados na luneta, é lógico!

— Que seja, isso não importa. O que o pessoal anda dizendo é que alguém entrou no apartamento já com a intenção de empurrar a Abigail por trás. O que tem lógica porque essa pessoa devia saber que ela ficava quase sempre na sacada com as luzes apagadas.

— Gostava de xeretar a vida alheia no escuro aquela depravada!

— Dá uma pausa e me escuta, ô prima-dona!

— Continua vai...

— Aonde eu estava?

— Na sacada com a vagabunda.

— Ah, sim! Então, ela foi surpreendida, conseguiu resistir por uns breves segundos, depois caiu possivelmente sem ver o rosto da criminosa.

— E por que não criminoso?

— Se não bastasse o formato das unhas, encontraram também manchas de maquiagem nas costas do vestido.

— Como coisa que os homens de hoje não se pintam... Até se depilam!

— É menos provável, sobretudo quando se trata de batom escarlate, desses que vocês usam nas óperas...

— Até que daria algum sentido à minha invalidez poder eliminar uma desclassificada dessas.

— Fique tranquila que alguém cumpriu essa tarefa por você.

— Ela fez por merecer e pronto! Imagine só uma marmanjona daquela bisbilhotando dia e noite a vida dos outros!

— Mas isso não é razão pra se matar alguém!

— Como não, Horácio? Não há quem se conforme com a invasão da sua privacidade!

— Isso é próprio da juventude e de nós também. A natureza humana é curiosa.

— A ponto de ficar numa sacada com uma luneta invadindo a intimidade alheia?

— Um momento só, amorzinho. O papai já vai.

— O que foi que você disse?

— Desculpe, é a minha gata que está indócil hoje.

— Você também com essa bichana parece um tarado. Valha-me Deus!

— A Xaxá é a única pessoa, quer dizer, criatura que eu tenho neste mundo.

— Também, nós moramos no mesmo prédio e você nunca me visita.

— A gata me toma o tempo todo, eu não tenho um momento pra responder um e-mail. E seu marido não gosta de ser incomodado durante o dia.

— Pois venha me ver à noite que pra mim não faz a menor diferença.

— Prefiro ficar em casa, Rosaly. Ainda mais com esse maluco fantasiado de morcego.

— Ele deu de aparecer outra vez, você viu?

— Essa semana mesmo, o desgraçado quase que me provoca um enfarte.

— Não me diga isso, Horácio!

— É. Ele pôs aqueles olhos brancos no vitrô da cozinha e sumiu pedindo desculpas: I'm sorry, pardon, scusami.

— A mim, ele não me incomoda. Só sinto uma melancolia profunda quando alguma coisa me diz que ele está por perto.

— Isso porque você não vê as manchas de tinta que ele deixa por toda parte. Acho que esse demônio solta graxa do corpo. Parece que quer pichar o mundo esse psicopata.

— Que exagero! Deixe de ser um velho coroca. O que ele quer é pintar a vida, pôr um pouco de cor na escuridão dessa existência.

— Quer dizer então que o marginal agora virou artista pra você, sua maluca!

— Isso mesmo. Na janela do meu quarto ele deixou uma pequena borboleta verde, amarela e vermelha que lembra um desenho de criança, mas parece que está pronta pra voar.

— Ahhh, é! Só eu sei o trabalho que me deu limpar aquelas patas no vitrô!

— Patas, Horácio?!

— Sei lá? Ele usa umas luvas pretas de borracha e ficou até um pedaço grudado no vidro.

— Qual é o mistério? Hoje em dia tudo o que se compra é uma porcaria.

— Eu acho esquisito porque naquela noite estava chovendo...

— E daí, homem?

— Ver direito eu não vi, mas até a Xaxá ficou assustada. Nem quis assistir televisão depois daquela coisa horrível.

— Mas que coisa horrível é essa, homem de Deus?

— Você vai achar besteira minha...

— Isso eu sei, mas me conta assim mesmo.

— É que ele estava encharcado e no meio daquela luz insuportável parece... Parece que ele se desmanchava, é isso mesmo!

— Horácio, você vai parar já com isso.

— A área de serviço também ficou toda respingada. Vai lá

olhar pra você ver. Desculpe, Rosaly, eu esqueço que você diz que não enxerga. Mas é que até hoje estou impressionado com aquelas gotas azuis.

— Justamente. Quem manda você ainda usar anil na roupa, com tanta coisa mais prática?

— Pode ser, mas esse sujeito é muito estranho. Será que não foi ele que empurrou a moça e agora fica dando esses telefonemas anônimos?

— Que telefonemas?

— Uma voz cavernosa que liga do inferno pra atormentar os outros!

— Que é isso, homem! O Batman é amigo dos fracos e oprimidos. Até das vagabundas, como era o caso dessa Abigail.

— Que Batman, Rosaly, isso é um impostor!

— Depressa, Horácio. Liga, liga rápido a televisão que eles vão falar dele... Agora...

E   agora   a   última   notícia
do Jornal do País. Na madrugada de ontem o já conhecido Cidadão Tristeza, Batman para alguns fanáticos, voltou a agitar a zona central de São Paulo. Diversos moradores da Consolação garantem que viram um homem de estatura enorme, com máscara de morcego e capa azul, pulando nos prédios das imediações com incrível agilidade.

As opiniões divergem. Uns dizem que o herói enxotava com chutes e um cinturão amarelo bandos de gatos que chegam da periferia para atacar restaurantes e residências em busca de alimentos. Outros confirmam que ele perseguia uma perigosa quadrilha que durante o dia faz tráfico de drogas nas escolas e à noite canta mantras do alto das lajes dos prédios por ordem da seita Adoradores do Cruzeiro do Sul. Umas poucas testemunhas, na maioria senhoras, descreveram com detalhes que o tal Batman chegou a levar uma facada na perna esquerda. Isto aconteceu quando ele tentou livrar uma moça ruiva não identificada de um maníaco sexual, que costuma agredir violentamente as mulheres para roubar bijuterias, perfumes e maquiagem. A polícia investigou o local e encontrou pelos de gato, marcas de sangue e um estojo de pó compacto de cor marfim totalmente danificado. O sósia de Batman, uma das figuras mais folclóricas da região, vem incomodando os marginais do local há algum tempo sem nenhuma identificação. Dizem que ele aparece e desaparece repentinamente, e se tornou um perigo para todos. A nossa equipe de reportagem foi até lá e confirmou que as pessoas desconhecem seu verdadeiro nome, nacionalidade e endereço. O mascarado é conhecido por Cidadão Tristeza pela fisionomia carrancuda, o tom exaltado da voz e, na opinião de todos, uma melancolia indescritível no olhar. Os moradores mais antigos garantem, sem se identificarem, que ele surge sempre à noite como um facho de luz e desaparece invariavelmente com os primeiros sinais da manhã. Diante do fato, cabe às autoridades organizar um cadastro rigoroso dos habitantes da maior metrópole da América do Sul para que nós brasileiros tenhamos condições de saber quem é quem nesse país. A Gazeta Meridional traz a seguinte manchete amanhã: Batman Reaparece na Consolação. O Jornal do País termina aqui desejando uma boa noite a todos e continuem com a nossa programação.

— Pronto...

— O senhor gostava muito da moça da luneta, não é mesmo, seu Horácio?

— É você outra vez, ô demônio!

— Gostava ou não gostava?

— Isso não é da sua conta.

— Será que não?

— Olha aqui, ô sua coisa, isso não se faz com um velho da minha idade.

— Velho, mas bem que era chegado na Abigail.

— Eu gostava da moça como se fosse uma filha e daí?

— Daí que tem um detalhe: gostava demais das pernas dela!

— Você me respeite, ôôô... Sei lá o que você é...

— Eu...?

— É, quem é você?

— Dá uma lida nos jornais de amanhã e vai ver que o senhor me descobre dentro da capa do mascarado.

— Hein?

— TCHCLICK.

— Maldição!

Gazeta Meridional, segunda-feira, 15 de fevereiro de 2010

Batman reaparece na Consolação

Psicopata provoca festim diabólico durante a madrugada

Da Reportagem Local

Moradores da Consolação e adjacências estão revoltados com o reaparecimento de Batman. E não é para menos. O sósia do Cavaleiro das Trevas, personagem criado em 1939 por Bob Kane, resolveu assumir de vez a personalidade do super-herói mais humano das histórias em quadrinhos, com direito a fazer justiça com as próprias mãos. Nos últimos dias, ele agrediu frequentadores e residentes do bairro com golpes de caratê, um lançador de gás lacrimogêneo e um chicote que solta chispas de fogo capaz de agarrar o fugitivo a até treze metros de distância.

O policial João Paulo das Neves, 34, que ontem fazia ronda no local atrás dos meninos de rua, alegou ter sido agredido pelo mascarado e deu entrada no Hospital das Clínicas com duas fraturas expostas. "Ele me afanou uma tremenda grana e distribuiu pros trombadinhas que vão gastar tudo no crack", disse o policial chorando aos berros.

A prostituta Rosineide Tadeu da Silva, 27, o travesti Lady Laura, 29, e o homossexual Juliano Demarco Cunha, 33, conhecido como Cuscuz no Céu, faziam michê nos muros do Cemitério da Consolação e também sofreram com os abusos do Homem Morcego. "No começo a gente ficou bastante ligado na mala do bofe dentro do colante justinho, depois a gente se f...", confessou Rosineide bastante abatida. Os três declararam que foram logo sendo desarmados, ficando expostos à violência da cidade sem o porte de suas navalhas e giletes. Depois acabaram levando tapas, empurrões e puxões de orelha, tiveram de ouvir também um sermão por cerca de uma hora numa língua estranha que eles julgam ser uma mistura de italiano e inglês.

Não satisfeito com o requinte das agressões, o mascarado continuou submetendo as vítimas a outras violências. Dirigindo um carro Maverick preto 78, conduziu os marginais até o Cemitério do Araçá onde eles foram obrigados a gastar toda a "féria do dia" na compra de rosas amarelas. O agressor, com gestos repentinos e estranhas contrações do maxilar inferior, exigiu que todas as flores fossem amarelas, exatamente no mesmo tom do emblema oval circulando um morcego no centro do peito. Por fim, as rosas foram depositadas somente em túmulos de casais mortos com menos de 40 anos e em circunstâncias trágicas, tarefa que deu um grande trabalho a todos devido à insuficiência de dados das inscrições mortuárias. O fato indica, segundo alguns psiquiatras, que se trata de um caso de transferência esquizoide de personalidade, considerando que o grande trauma do herói das histórias em quadrinhos foi presenciar o assassinato dos pais à queima-roupa quando tinha apenas 9 anos. Na ocasião, a família assistia a um filme do Zorro e precisou interromper a sessão porque Batman, na época o pequeno Bruce, foi tomado por uma crise de pânico vendo a capa do herói méxico--californiano que o fez reviver aquela terrível invasão de morcegos, trauma de infância que jamais superou.

As três vítimas, muito apavoradas e interrogadas sob pressão, confessaram que vão deixar definitivamente a vida noturna com um semblante bastante místico. O travesti Lady Laura, visivelmente transtornado e com a maquiagem borrada pelas lágrimas contínuas, apenas desabafou cantando estridente um verso de uma das músicas de seu maior ídolo, o cantor Roberto Carlos: "Ô Meu São Sebastião, que vida é essa a minha! Mas deixa pra lá, 'Se chorei ou se sorri, o importante é que emoções eu vivi.'"

Não quiseram dar mais detalhes sobre essa estranha figura, a não ser que ele rangia os dentes em momentos de forte tensão e usava um aparelho odontológico chamado placa de atrito que se espatifou completamente durante as três horas de pavor enfrentadas pelas vítimas. Alguns fragmentos do aparelho foram localizados e agora estão sendo analisados por um laboratório especializado em exame de saliva.

Outros incidentes ocorreram na madrugada de ontem, todos eles associados ao misterioso psicopata que se diz "Justiceiro". Dois bêbados foram forçados por um morcego gigante a ingerir uma dose dupla de vomitório quando saíam do bar Ave-a-dor na rua Maria Antônia. Descreveram o episódio resumidamente e declararam que haviam destruído os seus documentos por medo de identificação futura. O agiota Cassius Clay Monteiro de Mello, 46, foi atacado e erguido no ar com apenas um braço por um homem de voz grave que dizia "Cállate, cabrón" e usava capuz e capa escura. Cassius disse não ter conseguido enxergar o rosto do agressor porque permaneceu suspenso no ar durante o caminho que vai da avenida Higienópolis à avenida Angélica onde foi coagido a depositar "todas as suas economias" no caixa automático do Banco do Brasil em conta digitada pelo encapuzado. Antes de ser liberado, sempre mantido de costas, teve que mastigar e engolir 13 cartões de crédito repetindo sem trégua o número de cada senha. Por fim, foi solto, segundo ele, escutando as palavras mais felizes da sua vida: "Agora cai fora, animal."

A faxineira Genoveva de Lourdes Monteiro, 63, desmaiou na rua Marquês de Itu quando saía do trabalho numa pensão das redondezas, ao dar de encontro com um homem fantasiado de Batman que lhe ofereceu uma caixa de bombons dietéticos. A polícia encontrou no local a caixa vazia e alguns invólucros de papel laminado na cor cinza com bolinhas amarelas e azuis. Submetida a uma lavagem de estômago, a vítima não revelou sinais de envenenamento.

Por todos esses acontecimentos, os comerciantes e moradores da Consolação exigem a imediata expulsão do tal Batman da região. Os donos de bares reclamam da baixa frequência que vêm sofrendo os seus estabelecimentos e os pais de família se queixam das noites de insônia provocadas pelas aparições constantes desse maníaco Homem-Morcego. Os moradores não conseguem mais dormir com a intensa luminosidade que invade os seus aposentos quando o mascarado atravessa as sacadas e as janelas dos apartamentos.

Leia mais sobre esse assunto na última página deste caderno. Trata-se de um abaixo-assinado enviado à nossa redação na tentativa de chamar a atenção das autoridades e da opinião pública para esse fato lastimável. Publicamos o texto na íntegra e sem correções para garantir a total fidelidade do documento. Omitimos apenas os nomes dos assinantes para que a segurança dos interessados seja preservada.

BATMAN, GO HOME JÁ

Nós, os abaixos-assinados, moradores e comerciantes do bairro da Consolação e Higienópolis, solicitamos por meio desta, auspiciosa atenção do ilustre jornal para a desastrosa situação que estamos enfrentado nas ruas e no recesso dos nossos lares. Rogamos à VV. SS. que cobre das autoridades competentes a imediata expulsão de indivíduo provavelmente do sexo masculino, vestido com roupas de Batman e sem identificação pessoal, do perímetro urbano da nossa tradicional região.

O invasor, considerado por todos nós assinantes como gente bastante diferente, apesar de ter afastado a presença de figuras indesejáveis no bairro, tem provocado insegurança aos cidadões, comerciantes e usuários do local. A despeito de eliminar os marginais da Zona Central de São Paulo (com o qual estamos de pleno acordo), o delinquente vem assustando crianças e velhos, afastando antigos frequentadores de bares e restaurantes, além de emanar a intranquilidade noturna das famílias com a luz insuportável de sua fantasia, conseguida sem a menor sombra de dúvidas através de algum efeito especial.

Poderíamos enumerar e comprovar diversos incidentes, alguns trágicos e até irreversíveis, causados pelos raios de luz oriundos dessa misteriosa figura. Entretanto, preferimos citar tão somente o caso da professora de português S.O.S., por parecer-nos ato de agressividade deliberada. Na noite de 12 de janeiro p.p., por volta das 3 horas da madrugada, um vulto iluminado atravessou a sacada do apartamento e a professora acordou com a intensa claridade que inundou o seu quarto. S.O.S. chegou a vislumbrar um riso nervoso sem poder definir melhor outras reações do indivíduo devido à luminosidade cortante que acabou comprometendo seriamente a sua visão. Hoje a professora está afastada das suas funções e só consegue suportar a luz do dia protegida por óculos escuro com hastes duplas anti-raios.

Pelas razões supra citadas, exigimos peremptoriamente que esta periculosa pessoa, seja ela homem ou mulher, volte para o seu devido lugar e nos deixe em paz. Queremos deixar bem claro que os propósitos dessa insana figura não parecem-nos de todos injustificáveis. Toda via os prejuízos provocados pela sua presença tem instaurado o terror e a ameaça no seio dos nossos lares que estão ficando cada dia mais poluídos e emporcalhados com manchas e desenhos esquisitos que essa "pessoa" vai deixando por onde passa como a marca de seu instinto assassino.

Reinvindicamos portanto providências urgentes no papel de cumpridores da lei e pagadores de impostos que somos. Aliás, por falar dos direitos da cidadania, há suspeitas que o mascarado é estrangeiro. Então ele que vá cantar em outra freguezia: BATMAN, GO HOME JÁ.

Para finalizar, encerramos esse manifesto com um pensamento de autor desconhecido que muito admiramos:

"A liberdade de um termina onde começa o direito do outro."

São Paulo, 13 de fevereiro de 2010.

nota da edição: assinam o documento 73 pessoas.

Gazeta Meridional, terça-feira, 16 de fevereiro de 2010.

MURAL DO LEITOR

Imprensa Marrom

Quero registrar aqui crítica e repúdio à redação desse jornal que, publicando o abaixo-assinado intitulado Batman, Go Home Já, contribuiu para expor-me a outros perigos, tendo em vista a identificação da minha pessoa como "a professora de português S.O.S." no documento em questão. Condeno a insensibilidade do editor e outros responsáveis por tal atitude e exijo a supressão da minha assinatura no texto, não apenas pelo caráter apelativo do jornal, mas também, e sobretudo, pelos erros de redação que, em vista da elaboração precipitada e do caráter urgente dos documentos coletivos, não foi submetida à minha revisão. Além do mais, no momento já retornei às minhas atividades profissionais e continuo usando óculos escuros (e não escuro!), mais por critério estético do que por razões outras. Para não ser malcompreendida pela elasticidade semântica da mídia, fato bastante provável, as opiniões e o pedido de supressão da minha assinatura não absolvem os senhores da responsabilidade em face às notícias por este jornal veiculadas. Eles são registrados nesta carta no sentido de exigir dos responsáveis o cuidado e a proteção da minha individualidade, bem como de outras pessoas que vivem, como eu, o sentimento de pânico resultante do desrespeito da chamada imprensa marrom.

    Acabo de receber carta de um amigo que igualmente enfrenta as consequências lastimáveis de reportagens dessa natureza. Trata-se das notícias da morte de Abigail Aparecida Chaud, cujo tom maquiavelicamente persuasivo e tendencioso não tem outro foco (segundo modernos estudos da linguística) senão provocar o furor em leitores menos avisados. Não faço nenhuma referência mais precisa à correspondência a mim enviada porque, além de estar imune às práticas de comunicação das quais os senhores se servem, tenho ética e muita.

Sônia de Oliveira Sá, S.O.S. (São Paulo, SP)

Hotel das Azaleias

Querida Sônia,

    Estava aqui curtindo as minhas férias e os ares de Visconde de Mauá quando fiquei sabendo pela televisão e os jornais que o caso da nossa vizinha Abigail virou notícia outra vez. Primeiro fiquei curioso, depois preocupado, agora estou em pânico. Não quero falar das minhas crises de ausência, nem das minhas bebedeiras, muito menos do que eu fiz na noite do crime porque não me lembro. A única coisa de que tenho certeza nesse instante é que acordei no outro dia às 11 horas da manhã e (por incrível que isso possa te parecer) estava com a boca pintada de batom.

    Não me sinto seguro para voltar já, faço exercícios de barra, de peso duplo, vara e salto em extensão. No momento nem estou pensando no próximo Campeonato Nacional de Halterofilismo. Só estou querendo descarregar na força para não sentir o peso dessa tensão. Não sei se aumentar os músculos ajuda numa hora dessas, acho mesmo que a melhor saída é conversar com você. Por isso não se ausente, Soninha, a qualquer hora estou voltando para casa outra vez.

    Desculpe o incômodo dessa minha carta, amiga. Mas é que com essa história do batom eu estou seriamente desconfiado que o assassino sou eu.

Frank, V.M., 13/02/2010

PS. Vamos evitar tratar desse assunto por e-mail ou telefone. Se quiser entrar em contato comigo, escreva para:

Franklin William Borges Simi
Hotel das Azaleias
Visconde de Mauá, Maromba, M.G.

— Alô...

— Se eu fosse a senhora, professora, eu escrevia logo pro seu amigo Frank e contava a verdade.

— Quem está falando?

— Eu!

— Eu quem?

— Uma pessoa que sabe muito bem que o halterofilista não é o assassino.

— Mas que bobagem! É claro que não é.

— Isto mesmo, é claro que não é. Então conta isso pra ele.

— Não me amola, ô garota, que é justamente isso que eu estou fazendo agora.

— E já escreveu também que a senhora tinha lá seus rolos com a Abigail?

— Que absurdo!

— Também acho.

— Escuta aqui, mocinha, passa esse interfone pro zelador que eu quero falar com ele.

— Só um detalhe: eu não tou na portaria.

— Não tem importância, eu descubro já quem é você, sua cretina!

— Cuida dessa língua, dona Sônia, que a Abigail não gostou nada quando a senhora chamou ela desse nome.

— Quem te disse isso?

— TCHCLICK.

— Alô, alôôô...

— Alô.

— Não é da portaria?

— É sim senhora...

— Mas onde está o zelador?

— O Augusto tá entregando a correspondência. Aqui é a mulher dele, a Cida.

— Por isso que é uma bagunça esse prédio!

— Mas eu tou aqui cuidando de tudo direitinho.

— Então me diga quem me ligou agora pro 54?

— Ninguém, dona Sônia. Eu não desgrudei o olho dessa carreirinha de luz.

— Como não? Você está querendo dizer que interfonaram direto pro meu apartamento?

— Isso eu não posso dizer, mas por aqui não foi.

— É um inferno! Não se pode nem escrever uma carta para um amigo. Eu vou reclamar com a síndica. TCHCLICK.

— Lazarenta! Como essa gente pisa nos outr... TCHCLICK.

Franklin William Borges Simi
Hotel das Azaleias
Visconde de Mauá, Maromba   Minas Gerais
CEP ?

São Paulo, 17 de fevereiro de 2010

Meu bom e ingênuo Frank

A nossa cidade está um misto de penumbra e neon, coberta de fumaça acre e cinzenta, com cheiro de marijuana nas esquinas do Centro, barulho de prostitutas, drogados e pervertidos, trabalhadores e mendigos, gente triste andando reto e sem solução. Algumas poucas flores de verão ainda perfumam o ar, tudo muito timidamente.

Também existe medo no ar. O medo parece ser o pai e o companheiro das pessoas, a nossa única realidade, paisagem de dentro e paisagem exterior. Medo de dormir, medo de não dormir, medo da campainha, medo do silêncio, medo do que acontece, medo do que não acontece, medo de quem se aproxima e medo do que nunca vem. Medo dos meus trinta e dois anos que vejo no espelho com medo da imagem que me olha e medo de olhar para mim.

Estou "mals" como diria aquele meu aluno, o Leandro, que me encantou por três meses inteiros com a sua adolescência, com as dúvidas sobre vida e linguagem, com os beijos mais sedentos que alguém já me deu. Basta eu fechar os olhos para sentir o meu corpo se abrir como se a lembrança de uma boca agressivamente jovem se tornasse uma tatuagem numa parte minha até então intocada. É impressionante como a memória permanece quente e tocável, quando a gente se dá o direito de viver esse tipo de paixão. Mas tudo acabou.

Primeira e última vez. Gratíssima por ele fazer eu me sentir uma professora desejável, e nunca mais. Neste ano o Leandro entrou na Faculdade de Filosofia da USP e eu estou filosoficamente só. Fazer o quê? Lembro, logo existo.

No mais, permaneço em casa hermeticamente fechada, lendo as Cartas a um Jovem Poeta do Rilke (não por acaso!), preparando as minhas aulas de

Literatura que começam amanhã. Bebendo água também, muita água porque a volúpia do meu príncipe "desencantado" virou uma sede incontrolável em mim. Isto ele me deixou e é como uma tristeza boa. É verdade, Frank. Você sabe muito bem que tudo estava previsto, não entrei nessa ingenuamente. Desde o início eu e o Leandro vivemos uma história de amor redondinha: com começo, meio e fim. Se ao menos eu gostasse de Literatura Romântica, podia tirar algum proveito da situação. Não é meu caso. Agora mesmo eu estava lendo obrigada uns poemas do Gonçalves Dias para as aulas do ensino médio e senti engulhos na alma. Horrível o artificialismo dele, às vezes. É prato sem sustância como diria a minha mãe se estivesse viva, e eu estou faminta. Por tudo isso, estou realmente muito "mals".

Mas sobreviverei, não tenha dúvida. Agora falemos de você que é o verdadeiro motivo desta carta. Espero apenas que ela chegue a tempo às suas mãos, e com aquele ainda razoável sigilo das cartas. Concordo com você: devemos evitar a total falta de privacidade da internet. Eu, que passo a maior parte do tempo no teclado, não tinha pensado nisso.

Pois vamos ao assunto então.

Que história é essa de assassino, meu amigo? Logo você, o homem mais íntegro e delicado que já conheci? Decididamente a sua obsessão pelo halterofilismo, esporte de gente bruta e estúpida, começa a revelar sérios prejuízos emocionais. O que acontece é o seguinte, tome nota: por debaixo da sua musculatura inflável, por sinal sem o menor critério estético, o que está tomando corpo mesmo é um perfeito idiota. Eu sempre fui discreta com você, mas creio que chegou o momento de perguntar se o exercício da força não tem como único alvo a agressão interior. Existem muitos modos de suicídio e está me parecendo que o levantamento de peso é o caminho que você escolheu.

Nos meus estudos de linguagem, aprendi que a forma determina o conteúdo. Concluo a partir da sua paranoia muito bem identificável na breve cartinha, que essa teoria é perfeitamente aplicável aos homens, às mulheres e aos animais como é o seu caso. Você está se transformando, meu caro F.W.B.S., num feixe de músculos por fora e por dentro. E a cabeça me parece a parte mais afetada.

Frank, por favor, pare de se culpar e entenda de uma vez por todas que você é uma pessoa muito especial. Um cara sensível, atencioso, incapaz de matar um inseto, a não ser uma ou outra barata que aparece aqui no meu apartamento e você elimina como quem é obrigado a esmagar um bebê no meio de duas almofadas. (Essa comparação me embrulhou o estômago porque lembrei aquela vez em que você usou as minhas toalhas para espremer uma dessas coisinhas imundas). Mas deixe isso para lá. Compreenda apenas que a suspeita de crime não passa de uma hipótese remotíssima e, mesmo se a Abigail tivesse sido assassinada, o culpado jamais seria você.

Acho até ridículo eu ficar aqui tentando, com argumentos tão óbvios, tirar da sua cabeça essas bobagens. Mas é que os amigos se conhecem e fiquei preocupada. Sei bem que ela era uma garota estranha. Você mesmo tinha de fechar as janelas para fazer seus exercícios. E daí? Isto não quer dizer que consciente ou inconscientemente você fosse motivado a matá-la. Jamais!

Você não se recorda daquela noite e nem encontra explicação para o batom na sua boca. É tão simples. O meu amigo deve ter bebido um pouco demais e trouxe para casa uma dessas garotas abandonadas e um pouco menos escrupulosas do que eu. Quem sabe até não foi a nossa vizinha Peggy Lee? Afinal você é a única pessoa do prédio para quem ela se dá e não cobra nada. Ou não é? E tem mais: se houve realmente um crime (e eu não acredito nessa hipótese mesmo), o assassino é esse mascarado que voltou a circular pela Consolação. Um dia a Abigail me mostrou um poema anônimo escrito para ela e acabou esquecendo o papel no sofá. Eu já li várias vezes os versos (aliás, de muito mau gosto) e tenho a certeza de que o autor daquelas baboseiras literárias é o tal do Batman. Tive a oportunidade de ouvir umas duas ou três vezes esse pobre coitado, figura simplesmente patética que, certamente, deve ser mais um caso de desajuste, buscando chamar atenção para si com versos e figuras confusamente góticas espalhadas pela Consolação. Fiquei impressionada com estas imagens e o seu jeito de profeta de esquina dizendo moralismos baratos que pareciam palavras saindo da boca de um ventríloquo. Pois o tipo de linguagem do poema é muito semelhante e no final o texto vem assinado com as iniciais B. W. de Bruce Wayne, entendeu? Você deve conhecer a dupla personalidade do herói dos gibis que de dia é um aristocrata afetado e à noite é um morcego rancoroso atrás de marginais. O nosso maluco da Consolação, como bom psicopata que é, assume a máscara do Batman para assustar as pessoas e encarna aquele estilo de grã-fino bem entediado do Bruce para cantar as mulheres. Nada original, mas bastante lógico quando se trata de uma cidade como São Paulo, onde é tão difícil existir.

Vou tirar uma cópia do poema para você. Depois envio o original num envelope em branco para um tal de Frederico Shermann que está morando no 44 e é metido a detetive particular. Ele andou investigando os condôminos e vai saber o que fazer. Não vou nem me identificar porque já tenho problemas demais. Quanto a você, não contará a ninguém essa nossa conversa e acabará definitivamente com as suas alucinações. Sinto muito, mas não é dessa vez que o meu amigo sairá do anonimato. Uma sugestão talvez fosse você se vestir de Superman, até porque a sua musculatura está bem à altura de um homem de aço.

Agora eu já queria que você voltasse. Sinto falta até do barulho da descarga do seu apartamento.

Beijos da Sônia

ILMA. SRA. ABIGAIL APARECIDA CHAUD
RUA ANTÔNIA DE QUEIROZ, 123, 13º A., APTO 134
EM MÃOS

PREZADA ABIGAIL,

    DISSE O FILÓSOFO PLATÃO QUE TODOS SE TORNAM POETAS QUANDO ESTÃO APAIXONADOS. MUITO EMBORA O TEMPO E A SOLIDÃO TENHAM FEITO DE MIM UM SER REFRATÁRIO AOS ABISMOS DA PAIXÃO POR TANTO TEMPO, NÃO OUSO REFUTAR ESSA MÁXIMA, MUITO MENOS EXILAR DO CORPO, QUE TÃO SOMENTE PULSA OFUSCADO POR TUA IMAGEM, O SENTIMENTO PROFUNDO QUE PLANTASTE EM MINH'ALMA. O AMOR É VIDA E DO AMOR SE RENASCE. HOJE COMPREENDO O INFINITO, A IMENSIDÃO, O ERMO E O MURMÚRIO MAIS SUTIL DAS AVES. MISÉRRIMO NÃO SOU, MEU CORAÇÃO ESTÁ EM FESTA. SINTO-ME CAPAZ DE AVENTURAS EXTREMAS, DE VIRTUDES INSONDÁVEIS, DE CRIMES URGENTES. ISSO É AMOR, E DESSE AMOR NUNCA SE MORRE!
    POR ISSO ARRISCO-ME A DEDICAR-TE UM POEMA, SABENDO QUE, SE HOUVER NELE ALGUM MÉRITO, NÃO CABE A MIM O ATRIBUTO DE VATE OU POETA, POIS FOSTE TU, ABIGAIL, QUE ASSIM ME FIZESTE.

A moça da luneta

Uma luz de sol
Toca o meu peito aberto
Quando tu olhas pela luneta
Povoando o meu deserto.

Abigail, Abigail, Abigail
Entra na minha vida
Como o lume de um pavio.

Entre nós não há senão uma lente
Compacta e tão transparente
Ainda que estejas ausente
Oh Deus, como te sinto presente!

Abigail, Abigail, Abigail
Entra na minha morada
Como a âncora de um navio.

Absorta e visionária
Mal te vejo por trás da luneta
Porém trago dentro de mim
Cada traço da tua silhueta.

Abigail, Abigail, Abigail
Entra na minh'alma
Como uma lua no cio.

    B.W.

P.S.: DESCULPE OS ERROS DE PONTUAÇÃO.

URGENTE
SONIA DE OLIVEIRA SÁ
RUA ANTONIA DE QUEIROZ 132 APTO 54 CONSOLAÇÃO
01307-010 SÃO PAULO/SP

RECEBI CARTA. FIQUEI MUITO PIOR. BW INICIAIS DE BRUCE WAYNE NAO ME CONVENCEM. BW INICIAIS DE WILLIAM BORGES, MEUS NOMES INVERTIDOS. SEMPRE ASSINEI B WILLIAM EM CHEQUES E DOCUMENTOS. VOCÊ SABE. ESTOU HORRIVEL, NÃO RASGUE POEMA/PROVA. CHEGO AMANHÃ. VEJA SE O SEU HORACIO CONSERTOU A MINHA GELADEIRA, AFINAL A VIDA CONTINUA.

FRANK

— Alô...

— Seu Horácio?

— Ele mesmo.

— É a Sônia do 54.

— Ora, ora, mas que prazer! Como vai a senhora, professora?

— Senhora, seu Horácio! Tire esse peso da minha vida.

— É meu jeito, minha filha.

— Assim, sim! Filha está bem melhor.

— Então me diga como tem sido esse início de ano?

— Ah..., bem...!? E o senhor?

— Eu comecei 2010 de peito aberto.

— Que bom...

— Não sei..., mas é como se eu sentisse meu coração em festa nesse início de milênio!

— Mas que coisa boa...

— Vejo luz, muita luz no final do túnel...

— Luz?!... Sei... Mas seu Horácio...

— Diga, professora.

— Eu queria saber...

— Se eu já li aquele livro do Gonçalves Dias que a senhora me emprestou já faz bem mais de um ano? Que vergonha!

— Imagine! Pode ficar com ele que eu tenho as obras completas do dito cujo.

— Eu vou aceitar, professora, porque eu adorei o livro. Tem um poema, ouça só o título: Se se morre de amor! Extraordinário, não? Pra mim, é uma oração. Eu leio e releio todas as noites.

— Sei...! Mas seu Horácio...

— Diga, professora.

— O meu amigo Frank do 64, chega hoje e me pediu pra saber da geladeira.

— Ela está mais viva do que nunca e se mexe. HA, HA, HAAA... Era somente um fio solto, basta ligar.

— Então eu vou subir e fazer isso agora.

— Falando em ligar, não deixe de assistir hoje na televisão o programa Profissionais em Ação.

— É muito tarde e eu levanto cedo demais.

— Mas a nossa vizinha do 62 vai ser entrevistada.

— A Peggy Lee?

— Isso, a Peggy Lee. Que moça mais corajosa, não é mesmo?

— Um pouco exibida demais pro meu gosto, mas tem lá os seus encantos.

— É lindíssima, vai ser modelo agora.

— E o assunto de hoje é moda?

— Não, é sobre garotas de programa.

— Eu pensei que a Peggy já tivesse acabado com essa história.

— Ela me disse que ainda tem alguns clientes muito discretos, gente fina mesmo. De vez em quando ela vem até aqui, toma um café e desabafa comigo.

— Podia fazer outra coisa. Ela fala inglês, tem gosto pra se vestir, é até relativamente culta.

— São só uns bicos até ela se firmar nessa nova profissão. Depois, verdade seja dita, é um corpo esculpido pelo dedo de Deus. Chega a ofuscar os mortais...

— Seu Horácio, quanto entusiasmo! Olha, eu estou surpresa com a sua linguagem!

— Ora, ora, ora. Me desculpe, professora.

— O senhor que me desculpe, mas ela se expor dessa maneira é apelação da grossa. O que a Peggy quer mesmo é se promover.

— Eu não ouso criticar ninguém. Cada um sabe onde lhe apertam os sapatos...

— E também onde o mau-caratismo alarga...

— Você vai já retirar isso da boca, sua sirigaita!

— Como é, seu Horácio?

— Vamos, eu disse já, sua cadelinha ordinária...

— O quê?

— A senhora me desculpe, por favor. É a minha gata que deu de roubar coisas agora.

— Não entendi...?

— É a Xaxá, a minha menina. Entrou aqui com uma correntinha presa nos dentes. E parece que é de ouro... Onde você arranjou isso, sua ladra?

— Até logo então, seu Horácio...

— Até logo, até logo... Solta, solta já... Você vai devolver isso imediatamente...

∙∙

De caioprogramaprofissionaisemacao@uol.com.br
Para amesquitaprofissao@uol.com.br

Assunto: entrevista

Mesquitinha, confirmada entrevista com Peggy Lee hoje. Chega lá 18 horas, local combinado. Vai fundo, ô Pica-pau, espreme a gostosa que vai ser a matéria do dia. Seu celular está fora de área, animal, carrega essa porra. Caio

∙∙

De amesquitaprofissao@uol.com.br
Para caiopromaprofissionaisemação@uol.com.br

Assunto: Res: entrevista

Celular desligado. Estou no teatro. Consegui uma entrevista com aquele cara da Globo. Logo depois do ensaio da peça que é uma bosta. Ele diz que vai provar que não bateu na mulher nem usa droga. Sacanagem dela que quer azarar com ele. Essa vai feder legal. E deixa comigo que eu pego a Peggy Lee só de língua logo mais.

Mesquitinha

Ser um garoto ou uma garota de programa é uma profissão condenável? (TCHAN, TCHAN, TCHAN, TCHAN!) Aqui fala Caio Boft do programa Profissionais em Ação, uma cobertura jornalística da hora, a garganta do Brasil. (CRÁS!) A nossa função é apenas mostrar os fatos, a realidade do dia a dia, a vida como ela é! (NHEM, NHEM, NHEM, NHEM, NHEM...) Cabe a você, telespectador, julgar o que é certo ou errado de acordo com a sua cabeça. (IIIHHH!) Hoje nós já conversamos aqui com homens, mulheres, travestis, homossexuais, adolescentes, mães e pais de família, pessoas brancas e pessoas de cor. Todos eles garotos de programa, e por que não?, todos eles profissionais em ação! (BUM!) Agora nós vamos ver o repórter Mesquitinha entrevistando uma garota de 23 anos simplesmente espetacular. Ela já atendeu os mais diversos tipos de homens e, acredite se quiser, até mesmo um conhecido super-herói das histórias em quadrinhos! (UAUUU!) Isso pode parecer incrível, mas é real!

(SLAM!) É você agora, Mesquita.

Repórter — Falou, Caio. Nós estamos aqui no saguão do prédio onde mora a modelo Peggy Lee que vem chegando de uma reunião de condôminos (TOC, TOC, TOC) e parece muito nervosa...

Tudo bem Peggy?

Peggy Lee — Maior sacanagem o que tão fazendo com o Batman! Eu fico ferrada com um negócio desse! (TOIMMM) Deixa pra lá, vai...
Repórter — Bemmm... A Peggy Lee já trabalhou sete anos numa agência especializada em encontros amorosos. Esse tipo de prestação de serviços já está bastante difundido aqui, faz parte da rotina de São Paulo. Basta um telefonema ou acessar a internet. Tudo discretamente, nem é preciso se identificar. (PLIMPLIM) O programa está feito. Você indica o tipo de companhia do seu gosto, escolhe o sexo, um profissional ou mais, e em menos de 30 minutos é atendido em sua casa ou em local de sua preferência. Pode ser um motel, na própria residência de alguns profissionais ou, se o cliente quiser, nos quartos confortáveis da agência, simpaticamente chamados de Gaiolinhas do Amor.(PIU-PIU) Tudo é muito discreto e pode ser pago em dinheiro ou cartão de crédito. (ZUIMMM) É mais ou menos isso, não é Peggy?
Peggy Lee — Mais ou menos...

Repórter — Peggy Lee é seu nome mesmo ou nome de guerra, quer dizer, pseudônimo profissional? (SNIFF)

Peggy Lee — Você quer dizer se eu inventei?

Repórter — Isso mesmo.

Peggy Lee — É assim que as pessoas me chamam e é assim que eu gosto de ser chamada. Deve ser o meu nome, você não acha?

Repórter — Claro. E tem um som bastante sensual, enche a boca, não é mesmo?

Peggy Lee — Do mesmo jeito que o seu Mesquitinha me dá ideia de bunda de anjo. (SBLOSH) Só não me enche a boca porque eu não curto igreja. (PLOCT, PLOCT)

Repórter — Como vocês podem ver, a Peggy Lee tem um senso de humor fantástico... ANHÃÃÃ...

Peggy Lee — Você é o primeiro homem que me diz isso.

Repórter — E eles acham o que de você?

Peggy Lee — Que eu sou uma garota muito séria e é isso mesmo que eu sou.

Repórter — Séria, Peggy Lee?

Peggy Lee — Completamente. Eu vou fundo nas coisas. (TCHBUM)

Repórter — Eu acho que os homens também procuram profundidade quando estão com você. HÊ, HÊ, HÊÊÊ.

Peggy Lee — Os caras são muito parecidos. Tipo você: muito papo-furado e pouca ação. (TOIMMMM!)

Repórter — Escuta aqui, ô garota, por que... POOORRR QUEEE..., por que você tem tanta certeza que conhece os homens?
Peggy Lee — É meu trabalho, nunca dá errado. Quer ver só? Todo cara que tem esse ossinho saltado no pescoço, igual ao seu, é brocha. Você pode até dar um chupão na alma do bicho que não dá outra. Na hora o cara brocha. (CRAWN)
Repórter — (SCROCHHH) Como vocês podem ver, a Peggy Lee é uma garota de programa estilo agressiva. Não seria isso uma estratégia profissional pra atrair os clientes?
Peggy Lee — Você tá perguntando pra mim? (BÃÃÃÃ)
Repórter — É lógico, você é a entrevistada. (UFFFFFAAA)
Peggy Lee — Não.
Repórter — Não?
Peggy Lee — Não.
Repórter — Então não. Bem, passemos a uma outra pergunta... AHMMM... Ô Peggy, afinal o que é que você faz com os homens? (CRASH)
Peggy Lee — Fazia.
Repórter — Pois é... O que é que você dava de você pra eles.
Peggy Lee — Um ombro pra chorar.
Repórter — Você tá me dizendo que eles pagavam pra chorar?
Peggy Lee — É isso aí. Vai me dizer que você não sabia? Eu até fazia uns balões de ar com as camisinhas, mas daí que eles choravam mesmo. (SPLASH)

Repórter — E esse tal de Batman que andou visitando você uma noite também chorou?

Peggy Lee — Não, o Batman é diferente. Eu nem queria contar esse caso, mas os vizinhos viram ele entrando pela janela... (PLOKÔU)

Repórter — Mas que bobagem, ô Peggy. Todo mundo sabe que tem homem que precisa pôr uma fantasia pra transar.

Peggy Lee — Eu não transei com ele.

Repórter — Ah, então o sujeito pulou a janela pra chorar?

Peggy Lee — Dessa vez fui eu que chorei... (SPLISH, SPLASH)

Repórter — Como vocês podem ver, ser uma garota de programa exige versatilidade, não é mesmo, Peggy? Conta pra gente como foi?

Peggy Lee — Eu tinha quebrado a minha unha e estava bronqueada. Não que eu curta unha comprida, mas a agência obrigava. É que tem cara que é fissurado numas arranhadas.

Repórter — Mas e depois?

Peggy Lee — Daí o meu dedo machucado começou a latejar e de repente entrou uma tremenda claridade na sala. Eu olhei pra janela e ele estava ali só me olhando! (BRRR)

Repórter — E houve agressão? Ele tentou empurrar você como aconteceu com aquela moça do prédio aqui da frente que foi brutalmente assassinada? (ISKA, ISKA, ISKA!)

Peggy Lee — Claro que não! Eu que chamei ele pra entrar.
Repórter — Como vocês podem ver, as pessoas dessa profissão têm uma certa atração pelo perigo. Elas brincam com a morte! (BRRR)
Peggy Lee — Mas que papo mais besta, ô cara. (WAM) O Cavaleiro das Trevas é a maior doçura.
Repórter — Mas você mesma disse que ele arrebentou o pinguim da sua geladeira com uma porrada! (BUMMM)
Peggy Lee — É que eu pedi um copo-d'água e ele deu de cara com aquele balofo de esgoto. O Pinguim, saca? O maior inimigo do Batman, eu acho... Trauma é trauma, meu, depois eu entendi...
Repórter — Entendeu o quê?
Peggy Lee — ORRA, bicho, como você tá por fora com essa garganta toda de jornalista! Ele tinha os motivos dele! (UF!)
Repórter — Mas isso é violência, Peggy Lee!
Peggy Lee — Lógico que não. Eu tou falando do Batman!
Repórter — Justamente. Esse doido que anda azucrinando os moradores da Consolação. (HÃ)
Peggy Lee — Você não se liga mesmo. Ele é o Batman, ô cara! (BATMANNNNN)
Repórter — (GLUFT) Espera um pouco, Peggy Lee. Você tá querendo me dizer que o sujeito da janela é...! HMMMMM...?,

é o Batman das histórias em quadrinhos?

Peggy Lee — Ele cortou e pintou as minhas unhas com esmalte azul, fez uma tatuagem bem pequenininha de uma asa na minha nuca e ela está aqui até hoje. Depois beijou a minha mão, enxugou os meus olhos com uma capa tão iluminada que até explodiu a lâmpada da cozinha e então ele me disse: "Eu te ofereço todas as minhas vitórias de hoje, minha adorada Talia". Depois atirou aquele batgancho pro alto e mergulhou fundo na noite. Olha, ô cara, eu já conheci muitos homens por aí, mas te garanto que este não é desse mundo! (ZZZZZ — ALELUIA, ALELUIA, ALÊ-Ê-Ê-Ê-LUUUIAAAAA)
Repórter — Como vocês podem ver, é preciso muita imaginação pra ser uma garota de programa. Isso pode parecer incrível, mas é real. (CLICK)

— Alô!

— Confessa!

— O que foi?

— Confessa, vai. Isca, Isca...

— Quem está no aparelho?

— Um admirador seu do tempo que a senhora cantava nos teatros. Eu adoro artista. Juro por Nossa Senhora das Candeias.

— Que mundo é esse, Santo Deus, que uma pessoa arruma tempo pra gozar da desgraça de uma inválida?

— Que gozar uma pinoia, dona Rosaly. Eu não sou a Abigail.

— Deve fazer parte da corja daquela ordinária.

— Eu nunca falei com ela.

— Então me deixe com a minha sina e vá cuidar da sua vida, meu filho!

— Eu vou mas tem um detalhe: é que eu tou preocupado com aquela história do batom.

— Se dependesse de mim, há mais tempo ela já tinha batido as botas.

— Então a senhora confessa?

— Confessa o quê?

— O seu batom nas costas dela!

— Deixe de ser besta, seu parasita. E eu tenho lá condições de me atracar com alguém numa sacada?

— Ah, foi isso então?

— Isso o quê?

— TCHCLICK.

— Cambada!

ATA DA ASSEMBLEIA GERAL EXTRAORDINÁRIA DO CONDOMÍNIO EDIFÍCIO LUZ DEL FUEGO, REALIZADA NO DIA 18 DE FEVEREIRO DE 2010.

Aos dezoito dias do mês de fevereiro de dois mil e dez, reuniram-se, em Assembleia Geral Extraordinária, no hall dos fundos do Edifício Luz Del Fuego, sito na rua Antônia de Queiroz, número 132, nesta cidade, em segunda convocação por não ter havido número legal para sua realização em primeira, os condôminos que assinaram o Livro de Presença, para deliberarem a respeito da seguinte Ordem do Dia: PROTEÇÃO DO PRÉDIO CONTRA A VIOLÊNCIA DA REGIÃO. Iniciada a reunião, foi aprovada por unanimidade, para presidir os trabalhos, a indicação do nome do novo proprietário do apartamento número 44, Dr. Frederico Schermann, advogado aposentado e atualmente detetive particular, que colocou graciosamente à disposição dos condôminos alguns bens pessoais para facilitar a solução dos problemas. Entre eles, constam um fax-tríplice, um telefone celular com minitela para projeção de imagem do interlocutor, um revólver cano-duplo computadorizado, um videocassete tridimensional, um acervo de filmes e vídeos educativos com aulas de autodefesa, e uma vasta biblioteca de romances policiais. Dando início aos assuntos ordinários da pauta, o detetive, na qualidade de Presidente eleito, retirou dos bolsos do seu pesado sobretudo com gola de veludo um cachimbo inglês que apenas dispôs sobre a mesa, pedindo também licença para usar uma lupa, caso necessário, alegando uma única razão: a impossibilidade de conduzir ações de liderança sem a manipulação dos objetos que funcionam, em palavras proferidas pelo solicitante, como "a batuta de um maestro". Em seguida, foi dispensada a leitura da última ata que já registrava os primeiros incidentes ocasionados pela volta do marginal conhecido como "Batman", por ter sido homologada com as assinaturas dos condôminos presentes àquela

reunião, pessoalmente ou representados por procuração. Preocupada com a intranquilidade decorrente da presença do mascarado na região e com as manchas que ele deixa nas vidraças, a Sr.ª Síndica, Celina Symons, moradora do ap. 82, sugeriu a instalação de grades magnéticas, com temperatura de oitenta graus e à prova de luz no período noturno, em todas as janelas dos apartamentos do Edifício, sugestão esta que foi aprovada por maioria ou com 5 (cinco) votos contrários. A locatária do apartamento 62, Maria Imaculada dos Santos, conhecida pelo nome artístico de Peggy Lee, foi radicalmente contra a sugestão, acusando a iniciativa de violência contra "O Cavaleiro da Justiça", digo o delinquente "Batman", opinião esta apoiada por Hermann Hesse Montenegro que representava André Semeone, proprietário da unidade número 22 e pela sétima vez ausente das reuniões. Esta última informação foi oportunamente expressa, atestada e comprovada pelo Sr. Presidente que, na qualidade de detetive, havia investigado e lido exaustivamente os livros de atas desde 2002. O representante, estudante de comunicações, reside em apartamento do prédio defronte do Edifício Luz Del Fuego, cuja antiga inquilina, Abigail Aparecida Chaud, foi acidentada no ano passado, ou assassinada no entendimento de alguns, por falta de gradeamento nas janelas, informe que motivou acirrada discussão entre as partes. Vencidos o representante da unidade 22 e a locatária da unidade 62, ambos exigiram que seus posicionamentos, bem como os qualificativos de coragem e justiça atribuídos ao "Cidadão Tristeza" (expressão insistentemente proclamada pelos defensores quando se referiam ao invasor) fossem registrados em ata. Pela tensão provocada e um curto-
- circuito precedido por forte clarão não identificável, todos os presentes aplaudiram de pé os discursantes contrários à proposta do gradil e inexplicavelmente muitos condôminos começaram a chorar. Mesmo assim, a instalação das grades foi mantida sem ressalvas. Alguns presentes solicitaram dispensa da reunião, alegando tumulto provocado por seus filhos que danificavam as paredes com desenhos de morcegos pintados com tinta preta e azul. A solicitação foi aceita, e muitos se retiraram. Por fim, as contas do ano anterior foram aprovadas sem discussão e o estudante Hermann Hesse Montenegro ainda pediu a palavra, dizendo estar munido de provas de que "Batman" não é impostor.

Obtendo permissão para falar, expôs aos condôminos ainda presentes uma foto de meio corpo do mascarado, com expressões distorcidas e duas lágrimas pretas que estranhamente escorreram pela superfície do retrato, respingando o chão. Muitos presentes não entenderam o episódio, alguns associaram o fato com as tintas utilizadas pelas crianças e todos exigiram bastante irritados o término da reunião. Às vinte e duas horas e quarenta e cinco minutos, o Sr. Presidente agradeceu a presença de todos e prometeu para breve informar aos condôminos, através de carta aberta, o andamento das investigações sobre o caso de Abigail Aparecida Chaud, dando assim por encerrada a Assembleia que eu, Paloma de Palma Martucci, na qualidade de secretária, para constar lavrei a presente ata que vai por mim assinada e aprovada pelos que compareceram.

— Alô...

— Na noite de 13 de dezembro de 2009 você esteve no apartamento de Abigail Aparecida Chaud!

— Quem é? ... Responde...

— Eu sou eu.

— Para de ligar pra cá, ô dona!

— Calma, André.

— Como calma? A senhora fica com essa brincadeira sem graça.

— Então só mais um detalhe: não adianta se esconder que a prova do crime tá na sua cara.

— Por favor, eu não estou bem!

— Eu sei que você está apavorado, amarelo de medo, não é não, seu moço?

— Respeite a minha dor, sua...

— TCHCLICK.

— TCHCLICK.

CARTA ABERTA AO EDIFÍCIO
LUZ DEL FUEGO

Srs. moradores, funcionários e demais interessados

Eu, Frederico Schermann, investigador particular voluntário do possível assassinato de Abigail Aparecida Chaud, tarefa que inicialmente me foi delegada por alguns moradores deste Edifício, esclareço que aceitei o desafio por diversas razões, todas elas para mim de considerável importância. Cito apenas duas e será o bastante. Primeiro, o pedido me pareceu atender um desejo coletivo, embora nem todos tenham se pronunciado. Segundo, há precisamente vinte anos, por problemas cardíacos, não exerço as funções de advogado e preencho com muito prazer este vazio com investigações ocasionais, trabalho que faço voluntária e graciosamente. Portanto discordo dos senhores no que se refere à menor insinuação de pagamento de honorários. Recebo uma aposentadoria satisfatória, não tenho mulher nem filhos e, trabalhando dessa maneira, evito carregar o rótulo de parasita social. Deus me livre e guarde! Ainda conservo muita disposição e saúde nestes meus 63 anos, a ponto de pensar às vezes que fui implacavelmente injustiçado ao ser aposentado por invalidez. Mas na verdade não há nenhum enigma a ser decifrado neste meu caso particular: são os ossos duros do ofício que não combinam com os músculos tão sensíveis de um coração. De qualquer modo, sou feliz com essa minha ocupação, e como! Acreditem em mim, por favor, e guardem prováveis resquícios de piedade para os verdadeiramente doentes que são os pobres de coração.

Aliás, tenho tido tanta satisfação com o meu trabalho que decidi por bem chamá-lo de prestação de serviços em benefício próprio desde janeiro de 1990, data em que fui afastado de minhas funções, quando atuava como promotor no famoso episódio "A Marmotinha de Osasco".

Nessa ocasião, comecei a sentir fortes palpitações por me causar um terrível mal-estar, e até mesmo um sentimento de compaixão, a estatura e a obesidade da possível criminosa. Era ela pouco mais do que uma anã pesando 83 quilos e estava sendo acusada de ter degolado três jogadores de basquete. A figura da moça me incomodava de fato, mas com certeza havia lá dentro de mim alguma circunstância atenuante de foro absolutamente interior. Prossigam comigo nesse raciocínio e vejam, os senhores, se intuitivamente eu não tinha as minhas razões para sentir aquelas intensas palpitações. Com efeito, não havia a menor lógica, no caso da Marmotinha, supor que um corpo tão minúsculo e quase horizontal pudesse ter condições de eliminar, com golpes na altura do pescoço, três anatomias tão gigantescas e verticais. Hoje eu sei que sempre fui dotado de uma natureza muito intuitiva e é com essa vocação puramente sensitiva que venho conduzindo as minhas investigações, muito embora no caso da Marmotinha, vítima das injustiças dos tribunais e da inexperiência do caro colega que me substituiu, a ré tenha sido condenada a 23 anos de prisão em regime de cárcere fechado. Contei essas passagens, omitindo outras razões circunstanciais que ocasionaram o meu infarto, simplesmente para que os senhores possam acompanhar os acontecimentos, sabendo quem sou eu. Sendo assim e no caso de possíveis insistências quanto a pagamento, dou definitivamente por encerrado esse assunto.

Tratemos agora do caso de Abigail Aparecida Chaud.

Como indica o título do texto, esta carta é aberta a todos os interessados e as informações nela relatadas, embora se destinem particularmente aos senhores, podem circular livremente por toda a população. Sempre fui um homem contra o monopólio das informações e a chamada discrição sherlockiana, mesmo quando se trata de assuntos secretíssimos como é o caso das investigações criminais. O jogo tem de ser aberto, não se deve omitir nenhum detalhe, o resto é balela, conversa fiada de detetive canastrão. Hoje em dia, a eficiência na decifração de um crime se deve ao exercício democrático na divulgação dos fatos e todos devem participar passo a passo das sondagens, apurações e conclusões. Esse negócio de ficar sonegando informação é procedimento ultrapassado e não acompanha tecnologias avançadas postas a serviço da investigação. Portanto vou expor abertamente as minhas descobertas, suspeitas e intuições.

Até o momento, tenho acompanhado o inquérito lento da polícia, atos e diligências de curiosos, depoimentos e pistas de pessoas diretamente ligadas ou não à vítima. Tudo se constitui num processo sumário, algumas vezes ingênuo, em síntese absolutamente elementar. Venho sendo procurado por pessoas que me trazem informações na condição de permanecerem anônimas. Recebi clandestinamente um envelope em branco com algumas linhas e um poema escrito em papel sulfite 23, com letras de uma máquina Olivetti Studio 44 que atualmente não se fabrica mais. O poema é dedicado à Abigail por alguém que se identifica como B. W., e a intenção de quem me enviou, também anônimo, é a de apontar-me um suspeito. Francamente, quanto anonimato para ocultar a identidade de agentes metidos a detetives que me trazem fatos tão irrelevantes! Se eu fosse um pouco menos educado, mandava essa gente ir caçar sapo com bodoque, o que me parece excelente ocupação para quem imagina que cabeça de detetive é máquina de decifrar charada.

Mas felizmente a vida não é só feita de agitadores ocultos que são peritos na arte de encontrar pelo em casca de ovo. O rapaz Hermann Hesse Montenegro faz parte dessa minoria louvável, agindo abertamente como eu e revelando uma aguçada natureza intuitiva. Além de me apontar pistas no mínimo consideráveis, e isso feito publicamente, permitiu que eu examinasse minuciosamente seu apartamento onde Abigail morou antes dele. Passo então a relatar as minhas conclusões, por uma questão de respeito e rigor profissional, analisando algumas evidências merecedoras de atenção, sejam elas relevantes ou não aos olhos dos senhores. Decidi também enumerá-las por itens para garantir a maior clareza deste documento.

EVIDÊNCIA 1 — O PEDAÇO DE DENTE

Encontrei um pedaço de dente humano envolto em algodão numa pequena cavidade da parede do quarto de dormir de Abigail, coberta por leve camada de massa corrida no mesmo tom da parede e pronunciada por sinais de desnível. Não foi preciso enviar o fragmento para análise porque junto com ele foi encontrado também um recorte de papel dobrado em três com os nomes de Abigail Aparecida Chaud e Joana Fonseca Lopez escritos em letra de forma e grafados na forma de uma cruz, o primeiro na horizontal e o segundo na vertical, ambos acima das seguintes palavras: "Amigas para sempre". Joana foi localizada e interrogada por mim, sem mostrar nenhuma resistência. Confessou ter sido muito amiga da vítima, chegaram a participar de práticas de magia negra, frequentavam festas da "pesada" com muita droga e sexo grupal. Foi numa dessas orgias que as duas quebraram seus dentes dançando nuas e amarradas, num jogo proposto pelos donos da festa em que elas tinham de disputar a posse de uma espessa corrente de ouro boca a boca. Acabaram dividindo o valor da joia e resolveram trocar os pedaços de dente como prova de amizade e pacto do acaso. Examinei o quarto de Joana e localizei um pedaço de dente de Abigail nas mesmas condições já indicadas. Assim, a suspeita fica descartada e da minha parte encerro esse assunto com uma única interrogação: assim como os homens cortam seus pulsos e se tornam irmãos de sangue, por que as mulheres não podem barganhar seus dentes quebrados acidentalmente como prova de amizade?

Atenção: No histórico de Abigail e de Joana não há nenhum indício de que elas fossem lésbicas.

EVIDÊNCIA 2 — O ÁLIBI DA VIZINHA

É sabido por todos e consta do inquérito da polícia que a última pessoa a visitar Abigail foi o amigo íntimo da vítima, André Semeone, morador do apartamento 22 deste Edifício, também conhecido pelo apelido maldoso de Mr. Yellow, devido à sua timidez e a uma doença de pele, sem causas orgânicas identificadas pela ciência, que muda assombrosamente a cor da epiderme nos períodos de calor. Na ocasião, André confessou ter saído do apartamento de Abigail exatamente às 23h15 e a precisão do horário foi confirmada por uma vizinha da vítima, a secretária Solange Asdrúbal do Nascimento, que então fazia um tratamento homeopático e tomava 3 gotas de Carsinosinum CH 12 20ml de 15 em 15 minutos, tendo coincidido, segundo depoimento da secretária, a ingestão da penúltima dose do dia com a despedida do visitante na porta do elevador. Interrogada por mim, Solange garantiu a simultaneidade das ações no tempo, insistindo que chegou a perguntar as horas para André por estar desconfiada da precisão do seu relógio e preocupada com o rigor da medicação. Fiz essa apuração constar dos autos da polícia como álibi de André, considerando que a queda seguida de morte instantânea de Abigail se deu exatamente às 23h33 de acordo com informações dos transeuntes e autópsia. Descartada mais essa suspeita, aliás desde sempre bastante improvável na opinião da própria polícia, peço aos senhores mais respeito com o morador do apartamento 22 que deve ter acentuado o terrível amarelão da sua pele com suposições tão injustas.

Atenção: O zelador do Edifício Luz Del Fuego já havia confirmado a chegada de André a este prédio por volta das 23h20 na noite do acidente ou crime.

EVIDÊNCIA 3 — O FIO DE CABELO

Consta do dossiê da polícia que, na manhã posterior à morte de Abigail, foi encontrado em sua cama um fio de cabelo castanho bem claro de aproximadamente 3 centímetros e de tipo áspero-rugoso, vulgarmente chamado de "crespo-sarará ou lãzinha pega-pega". Feitos os exames capilares e comparações com fotos, ficou provado que o fio pertencia ao amante e explorador de Abigail, um traficante de drogas chamado Ayrton Mozart de Oliveira, recentemente morto num tiroteio na Baixada Santista. Não houve nenhuma testemunha ou outro fato comprovando que o suspeito tivesse visitado Abigail na noite da sua morte, mesmo porque há meses estavam rompidos. Interrogando André Semeone e tentando com ele reconstituir minuciosamente o trajeto daquele dia, descobri que o amigo e o amante da vítima tinham cortado o cabelo lado a lado, no Salão Corte-Assim, por volta das 19h00 da mesma noite fatídica. Desnecessário dizer que o amante é sempre o primeiro suspeito, mas acontece que um fio de cabelo pula de corpo em corpo e esta é a razão de o pelo de Ayrton ter chegado até a pele de Abigail. Descartada mais essa outra suspeita, deixemos os mortos em paz para que eles possam ser julgados pelos seus outros crimes aos olhos das leis cósmicas e divinas.

Atenção: Tive acesso ao dossiê policial graças à coragem e generosidade de alguns funcionários, cujo anonimato nesse caso, sim, se justifica.

EVIDÊNCIA 4 — A LÁGRIMA PRETA

Devido à localização de uma lágrima preta na lente da luneta utilizada frequentemente por Abigail, as suspeitas de que um mascarado travestido de Batman tivesse ligação com o crime aumentaram o pânico vivido até hoje pelos moradores deste Edifício. De imediato o fato foi associado à compulsão do indivíduo por traçados, figuras e cores obstinadamente nas tonalidades preta e azul. Analisando o material encontrado, ficou atestado e comprovado que a substância aquosa contém componentes de líquido lacrimal e, diante das provas, algumas pessoas asseguram que já surpreenderam a estranha figura com lágrimas ou suores escorrendo pelo rosto, na cor preta retinta. Embora não haja indícios de materiais de maquiagem na lágrima preta, também é absolutamente improvável que alguém possa chorar colorido num mundo tão resistente à espontaneidade das emoções, especialmente num momento de tensão que marca o assassinato premeditado. E, mesmo se fosse possível chorar em cores, por que o suspeito iria perder tempo com uma luneta tentando inutilmente focalizar um corpo caindo a uma velocidade de até mais de 60 quilômetros por hora? Descartada mais essa nova suspeita, convenhamos que chorar é humano, mas não em tais condições.

Atenção: Na noite da morte de Abigail, o mascarado foi visto dando ração a gatos em vários bairros da periferia da zona norte, estando no Jaçanã por volta das 21h00, segundo residentes do local, e não em qualquer ponto da Consolação.

Como prova complementar da veracidade do fato, foram encontrados desenhos de figuras aladas e algumas até indecifráveis em diversos muros e paredes da referida região, o que confirma a travessia do elemento in loco.

EVIDÊNCIA 5 — A AMEAÇA DO CASAL

Rosaly Louzada Pires, ex-cantora de ópera, através de seu marido Gastão Louzada Pires, ex-bailarino do Teatro Municipal de São Paulo, ambos moradores no apartamento 122 desse Edifício, apresentou queixa contra Abigail Aparecida Chaud na 204ª Delegacia Policial em agosto de 2009, alegando invasão de privacidade. Como a polícia não tomou nenhuma atitude, o casal instalou um cortinado escuro na janela e Rosaly prometeu se vingar na primeira oportunidade. Aliás, fui informado por várias pessoas que Rosaly cantava frequentemente "Vingança", música gravada por Linda Batista, nos dias de calor com as cortinas abertas e os pulmões apontados para Abigail. Disseram também que certa vez o casal chegou a escrever no cortinado o estribilho de uma canção com batom escarlate: "Menina, vai/ Com jeito vai/ Senão um dia/ A casa cai". Vale reiterar aqui que a ex-cantora é uma senhora cega e não deve ter sido nada agradável a sensação de estar sendo vista por uma jovem de olhos de lince através de uma luneta. Acontece que esse episódio corriqueiro tomou proporções enormes porque foram encontradas, nas costas do vestido da vítima após a sua morte, manchas de batom escarlate da mesma marca usada por Rosaly. Sinto até um constrangimento por estar defendendo o casal de suposições tão absurdas. De qualquer forma, dou por encerrada a menor suspeita de crime com um fato que os senhores esqueceram: dias antes da morte da vítima, o casal que vive de pequena aposentadoria e sofre privações vendeu um vasto estoque de maquiagem antiga para todos os moradores deste Edifício e até mesmo para a própria Abigail. Descarto esta absurda suspeita e ponho no lugar uma consideração: se uma moça pode pintar o sete da janela, um pobre casal de velhos também pode pintar a sua sorte com batom.

Atenção: Embora Rosaly que é cega e Gastão que é surdo não conversem há anos, ambos estiveram juntos na luta contra a luneta.

EVIDÊNCIA 6 — QUEM AMA NÃO MATA

Nunca fui versado em estética, porém penso que a arte pode ser o resultado de uma técnica ou, quando é manifestação artística mesmo, a expressão da sinceridade do autor. Por isso, logo que recebi o poema anônimo, levantei duas hipóteses: ou era um simples artifício literário, ou era a confissão de um amor verdadeiro, escrito com o ritmo da paixão. Em ambos os casos, jogo de linguagem ou verdade, achei o documento irrelevante para indiciar um suspeito, sendo muito pouco provável que o possível assassino fosse o autor. Não tive dificuldade para desvendar a autoria. Encaminhei o material para um datiloscopista que identificou no papel as digitais da vítima e da professora Sônia de Oliveira Sá, moradora do apartamento 54 deste Edifício. Para comprovar ainda mais a evidência, também não tive a menor dificuldade. Simulei o início da presente carta, misturando pronomes de segunda e terceira pessoas, incluindo erros de concordância, vocativos sem pontuação e passagens disfarçadas do poema. Em seguida, pedi a correção da professora e ela caiu na minha armadilha, premida pela ingenuidade do seu rigor profissional. Corrigiu tudo com precisão. A título de exemplo, cito a concordância escrita erradamente por mim "assim tu fizestes", declarando que fiquei surpreso quando vi a professora quase furando o papel para cortar nervosamente o s. O meu argumento era muito simples: pessoa alguma emprega corretamente esse verbo, a não ser um bom professor de português ou um advogado formado no meu tempo. No mesmo instante, interrogada por mim e posta em face das provas, Sônia confessou ter realmente escrito o poema em parceria com Abigail, a pedido desta, com o propósito de provocar ciúmes no seu amante que nem chegou a ler os versos por estar constantemente foragido da polícia. Afirmou ainda que as iniciais B. W. foram incluídas por elas como insinuação provocativa da abreviatura de Bob Wilson, guitarrista da banda "Shock Song" que "paquerava" a vítima, para incitar assim a ira do amante. Descartada também essa suspeita, reitero uma certeza apoiada em longa experiência de investigações de crimes passionais: quem ama de verdade até provoca, porém não mata.

Atenção: A explicação da abreviatura não me convenceu plenamente e ainda não descobri quem me enviou o poema.

EVIDÊNCIA 7 – O ENCONTRO DO DETETIVE COM A VÍTIMA

Circulou recentemente nas dependências deste Edifício uma foto colorida 12x8, onde eu apareço com o rosto acentuado por um círculo vermelho, cumprimentando Abigail numa festa realizada no Bar Boa Avenida em comemoração ao último aniversário da vítima em vida. Esclareço que frequento o local todas as sextas-feiras e até então não conhecia Abigail. Entretanto fiquei curioso ao ouvir o seu nome de família sendo anunciado no microfone por um cantor, antes dos parabéns. Ocorre que Chaud, sobrenome pouco comum, me lembrou de um antigo amigo, o juiz de direito Adolfo Miguel Chaud, que há muitos anos eu não via. O encontro com a vítima foi agradável e igualmente pesaroso. Constatei que Abigail era filha do meu amigo e ilustre juiz, morto em 2001, pelas próprias circunstâncias da profissão, por problemas cardíacos. Infelizmente nunca mais vi Abigail e nada mais tenho a declarar sobre a fotografia.

Atenção: Os laços que ainda me ligam ao grande amigo nunca me influenciaram na decisão de investigar as causas da morte de Abigail Aparecida Chaud. A minha participação no caso é por força do acaso e natural senso de justiça.

Por ora, finalizo aqui esta carta aberta escrita na forma de relato, até porque 7 evidências contêm um arremate conclusivo e ao mesmo tempo promissor pela dimensão cabalística do número. Atualmente, estou reunindo pistas decisivas para desvendar a origem dos telefonemas anônimos, que provavelmente é troça praticada por mais de uma pessoa, de comum acordo, devido à variação de vozes. Devo admitir, entretanto, que estamos naquele ponto das investigações em que tudo é uma incógnita e qualquer um pode ser o assassino no caso de crime.

Gostaria que os senhores me ajudassem nesse trabalho difícil, se possível evitando a condição de anonimato, com mais informações sobre essa estranha figura conhecida como "Batman". No momento, o que me interessa principalmente são as suas atitudes e detalhes das suas roupas. Alguma coisa me diz, por força de uma sensação puramente intuitiva, que o mistério dessa trama toda está por debaixo da sua capa azul. Seria muito útil iniciar as investigações buscando averiguar se ela é azul mesmo.

Atenciosamente,
Frederico Schermman

••

De: p.lee@web.com
Data: 7/3/2010   22:33:16
Para: shermann.shermann@terra.com.br
Assunto: Re: JÁ

Sem chance

••

De: shermann.shermann@terra.com.br
Data: 7/3/2010   22:32:49
Para: p.lee@web.com
Assunto: Re: JÁ

Me aguarde então.

••

De: P.lee@web.com
Data: 7/3/2010   22:32:06
Assunto: Re: JÁ
Para: shermann.shermann@terra.com.br

Minha agenda está cheia

••

De: shermann.shermann@terra.com.br
Data: 7/3/2010   22:31:31
Assunto: Re: JÁ
Para: p.lee@web.com

Não complica as coisas. Esqueceu o nosso trato?

....
De: p.lee@web.com
Data: 7/3/2010 22:31:07
Assunto: Re: JÁ
Para: shermann.shermann@terra.com.br

E daí bundão?

....
De: shermann.shermann@terra.com.br
Data: 7/3/2010 22:30:39
Assunto: Re: JÁ
Para: p.lee@web.com

Acabei de descobrir tudo, dessa você não escapa.

....
De: p.lee@web.com
Data: 7/3/2010 22:30:08
Assunto: Re: JÁ
Para: shermann.shermann@terra.com.br

Não...

.........Mensagem original..........
De: shermann.shermann@terra.com.br
Data: 7/3/2010 22:29:57
Assunto: JÁ
Para: p.lee@web.com

Eu sei que você está aí no comp. Vem para cá já, garota.

— Alôôô...
— Psiuuuuu!
— Frank, é você?
— Fala baixo, Sônia.
— Você já está aí em cima?
— Já e já li a carta do tal detetive.
— Ah...
— Por que você disse aquilo, que escreveu o poema?
— Porque sim, oras.
— Mas é mentira.
— Mentira!? Mentira por quê?
— Você nunca foi chegada na Abigail!
— Como nunca? Ela até me pediu umas aulas de português.
— E pra quê?
— Sei lá. Disse que ia prestar vestibular pra direito.
— Pra direito?
— É...
— Abre o jogo. Você fez isso pra livrar a minha cara.

— Não complica, vai...

— Não complica, eu? Agora sim que a situação ficou muito pior.

— Pior por quê?

— Você não leu a carta?

— Claro que li...

— E não achou nada estranho?

— Estranho por quê?

— Tá na cara que esse detetive me acha suspeito!

— Mas ele nem tocou no seu nome.

— Por isso mesmo. É muito estranho ele não ter falado nada de mim!

— Espera um pouco, Frank.

— O que foi?

— Aí no seu apartamento está entrando um clarão?

— Acho que sim e parece uma luz azul vindo daí do seu andar.

— Deve ser esse maluco do Batman outra vez. Mas hoje está demais.

— É ele mesmo, Sônia, e se atirou lá pra baixo.

— Não estou ouvindo nada, Frank! Ficou tudo escuro...

— TCHCLICK...

— Alô, alô, alôôôôô...

Gazeta Meridional, terça-feira, 9 de março de 2010

Batman provoca apagão e paralisa São Paulo

Sem luz e sem metrô, a metrópole entra em pânico

Da Reportagem Local

O Cidadão Tristeza, também conhecido como Batman, ainda não identificado pelas autoridades, provocou um enorme apagão no centro da cidade de São Paulo, por mais de 3 horas na noite de ontem, deixando cerca de 700 mil casas sem luz e chegando a paralisar diversas linhas do Metrô. Os bairros mais atingidos foram Consolação, Higienópolis, Vila Madalena, Morumbi, Jardins, Pompéia, Pinheiros e Barra Funda que ficaram completamente às escuras, levando a população a um pânico geral nunca antes ocorrido em território brasileiro. Pessoas presas nos vagões quebraram portas e janelas e saíram dos trens caminhando pelos trilhos até a estação mais próxima.

Houve até agressões físicas, destruição e apedrejamento de caixas automáticos, orelhões e lojas de shoppings, invasões e saques em estabelecimentos comerciais, com uma primeira estimativa de mais de mil assaltos praticados por elementos anônimos e marginais encapuzados dos mais diversos segmentos sociais e gêneros: homens e mulheres, jovens e idosos, crentes e ateus, brasileiros e estrangeiros, paulistas e migrantes de outros estados.

Segundo passageiros do metrô, estação Consolação, o caos ou tragédia, como muitos se referem ao incidente, não ocorreu por causa de fenômenos naturais como vento, chuva ou raio. Tudo começou no exato momento em que o marginal Batman se atirou nos trilhos e se pôs a correr na frente do coletivo, provocando um curto-circuito com reflexos azuis, seguido do blecaute que sumariamente apagou a vida de milhões de cidadãos.

Tudo acontece à noite entre os becos, em cima dos telhados e dentro dos apartamentos. É quase inverno em São Paulo, mas as pessoas sentem na corrente sanguínea uma atmosfera abafada, o coração acelerado, um calor agourento. Sem que ninguém veja, um rato alado voa verticalmente e fura os olhos nos galhos pontiagudos de uma árvore solitária e seca.

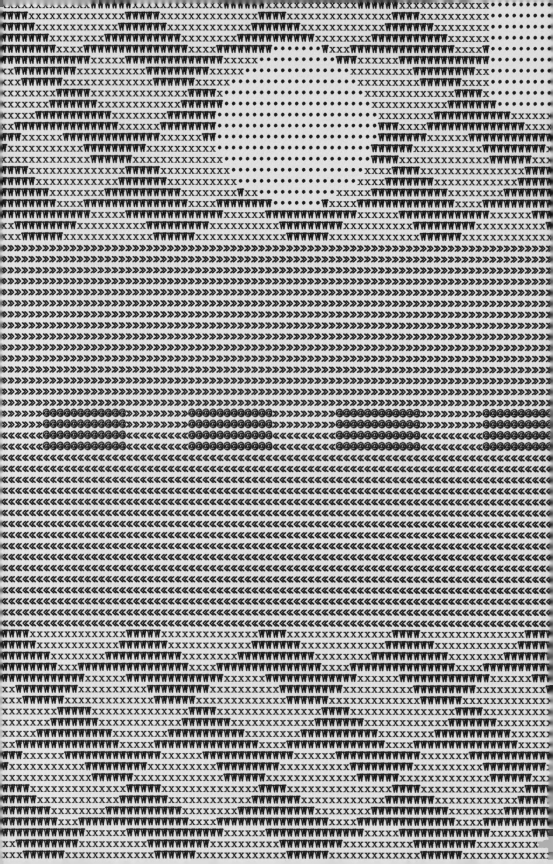

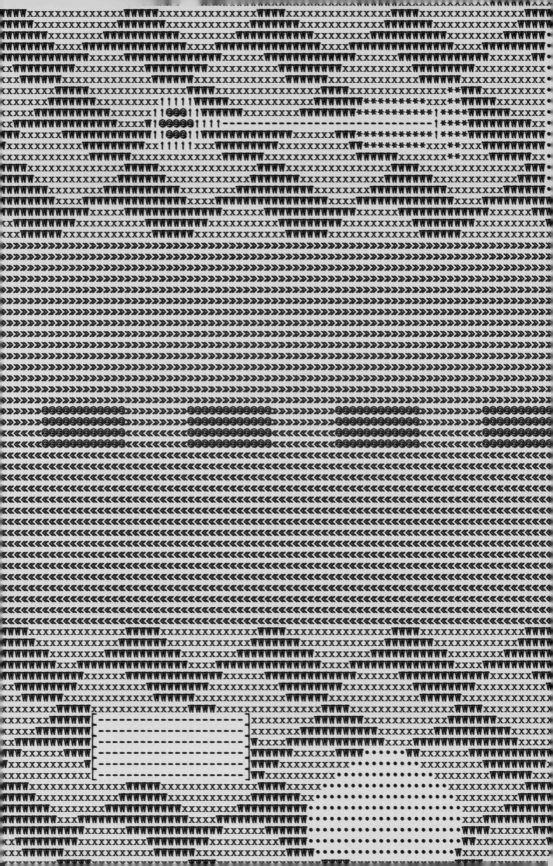

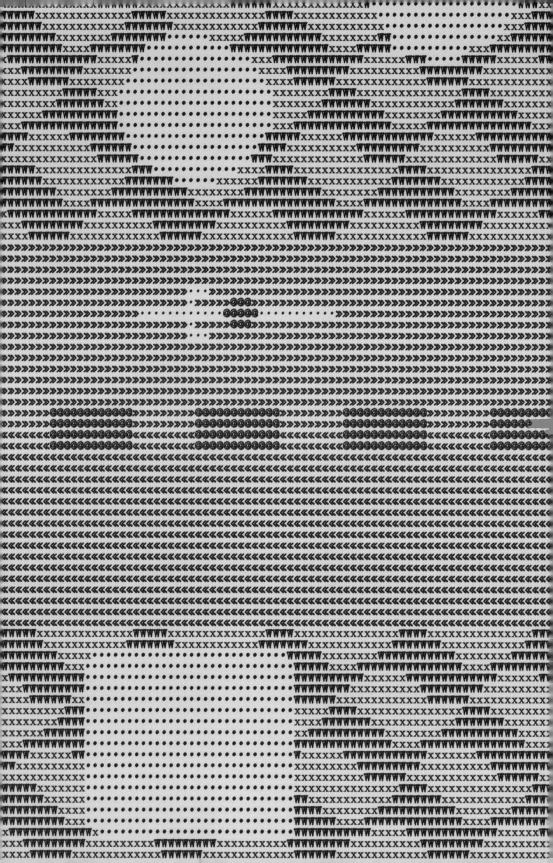

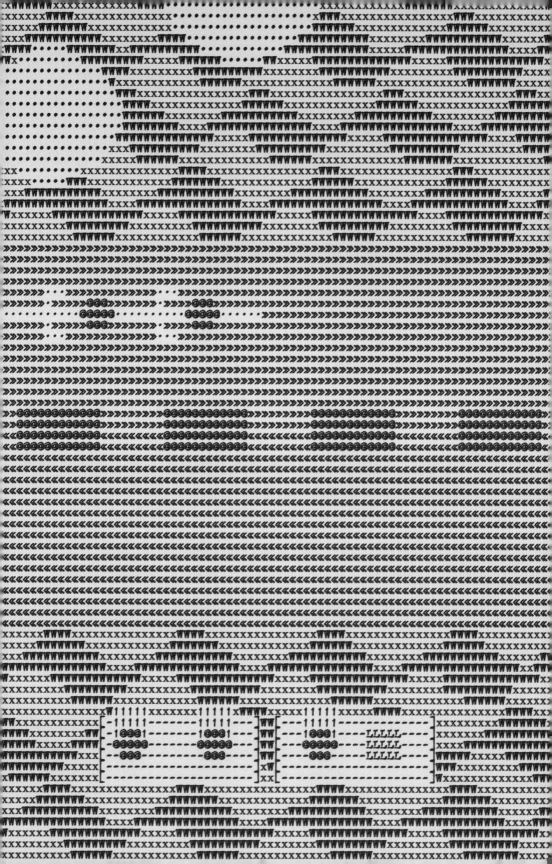

.... teeemmmpppwwwuuuooooo e me escuta um pouco, por favor, que sou eu outra vez. O Hermann, meu. É que a fita desse gravador enroscou e vai ver que uma pancada de coisa que eu já tinha gravado miou. É muita coisa, não dá pra escrever tudo. Mas pode ficar frio que eu não tou a fim de falar da minha vida. Desencana. Já te disse que terapia não é a minha e essa gravação não é pra esse tipo de papo babaca não. Por isso eu já vou me abrindo logo e te contando que um negócio superlouco tá acontecendo comigo que é pra você me dar um tempo e não desligar. Pode até ser que não seja ele, mas é lógico que é. Então presta bem atenção, cara, e acredita nisso pro teu próprio bem. Até o mês passado o Batman estava vivendo aqui mesmo em São Paulo. Palavra, meu, ele tava mesmo! E de uma hora pra outra sumiu. Não sei se foi a polícia, o pessoal lá embaixo ou a morte da Abigail. Simplesmente ele apagou.

 Se você pensar bem nesse lance, isso não tem nenhum mistério. Em algum lugar o Morcegão tinha que aparecer. Agora o que me grila é o cara sumir assim! Não desliga, só escuta que você vai me entender.

Eu sei que pode parecer delírio eu aqui sozinho nesse meu apartamento, que é uma droga de apartamento, gravando uma fita pra você que eu nunca vi de perto nem conheço. Não foi nada fácil decidir. Uma pá de gente veio na minha cabeça, eu quase pirei. Pensei nos amigos da faculdade, num professor de filosofia bem velho lá da minha cidade, uma figura muito gente boa. Tentei até conversar com um amigo meu que mora aqui no prédio da frente, mas o cara tá com um problema que deixa um tremendo amarelão na pele. Isso depois que essa amiga dele, a Abigail, morreu. Foi uma barra! Na quarta-feira eu até comecei a gravar pra minha irmã, a Tininha, que só nasceu pra me torrar o saco, mas nunca me largou na mão. Não deu. Ninguém ia me acreditar. Foi então que eu tive aquela luz olhando uma moça que mora também aqui em frente e parece que não bate bem. É uma tal de Paloma que uma vez ficou com uma foto minha do Batman que eu mostrei numa reunião. Até hoje, é só escurecer, e ela fica na calçada indo e vindo com o retrato na mão. Tem hora que ela pega um lencinho do bolso e passa de leve no lugar dos olhos do Morcegão. É que a foto solta uma tinta de verdade mesmo. Calma que eu já te explico. Bom, ela enxuga e depois leva o maior tempo ligada lá no céu. Acho que essa cara é sozinha. Não dá pra saber por que ela mora na parte de trás do prédio e nunca me deu uma brecha pra gente conversar. Mas parece que ela também entrou na do Batman e foi por isso que eu pensei em você.

    O problema é que eu não consigo saber direito se você ainda está zoando e o seu endereço é o maior mistério. Mas eu tenho umas pistas que me deram na Gibiteca Henfil e agora, que eu estou vendo daqui da janela as estrelas que já nem existem e ainda tão ali, eu sinceramente tou pondo a maior fé! Fé mesmo, cara. É que você não sabe e nem podia saber porque não mora aqui no Brasil, mas eu gosto pra caramba de um cantor que já morreu ou não morreu, não sei, nunca dá pra saber o que aconteceu quando um cara muito legal não aparece mais pra gente. É o Raul Seixas, o Raulzito que todo mundo ainda chama ele de Maluco Beleza, e ele me passou nas músicas dele que a gente sente umas coisas que parece que não existem porque a gente não vai vendo elas assim de cara limpa, mas que existem, existem. É sensação sentida lá no fundo mesmo. E depois de tudo que me aconteceu, não pode ter nada que é impossível. Além do mais, meu, desde que eu escalei uns trinta andares do Copan com o Morcegão, só com uma cordinha e na maior, tudo pra salvar um padre que ficou ajoelhado na janela bem naquele pique de se atirar e no final veio com um papo pra cima da gente que só estava a fim de rezar, depois disso e mais uma porrada de coisa que vem pintando, eu tou pensando também como o Gil, o Gilberto Gil que é outro cantor e compositor daqui, e que diz que esse mundo é muito louco e mistério sempre há de pintar.

Por enquanto eu vou gravando só pra desabafar. Até lá eu decido o melhor jeito de te encontrar. Alguma coisa tá me dizendo aqui dentro que essa fita vai chegar na sua mão. Você é a única pessoa no mundo que pode me entender. Pelo menos eu desabafo, vou falando com um cara que já passou por tudo isso e vejo se dou uma geral nessa maior confusão. Por isso não desliga, meu.

Sempre que as coisas estão enroladas na minha cabeça, eu preciso falar. Desde criança que eu sou assim. Já estou com dezoito anos e não mudei nada. Quando eu morava com o meu velho lá em Bauru, ele caía matando em cima de mim: "Fecha essa sua privadinha, Hermann." Eu não fechava droga nenhuma. Acho a maior sacanagem uma pessoa mandar alguém calar a boca. Ainda mais quando a gente precisa se abrir porque o coração vai subindo pelo céu da boca.

Em comunicação, que é a faculdade onde eu estudo e meio que levo no tapa por causa do Morcegão, esse treco de ficar feito um canal carregado de código e mensagem tem um nome. Mas agora eu não me lembro... e isso me deixa mal pra cacete. Tem palavra que vive me fugindo e ainda mais comigo que acho demais as palavras. Umas eu até compreendo sem entender direito o sentido. Fico só riscando e rabiscando as letras, repetindo e vendo o jeito da boca pra sentir como é o som. Por exemplo arrebol, você saca? Pra mim essa palavra sempre quer dizer que é a tristeza do sol olhando um pedaço da terra indo embora. Acho que a gente entra no clima do arrebol toda vez que a tua garota está virando uma esquina e some em câmera lenta. A gente fica só vendo os cabelos, as costas, as pernas, aquela curva redondinha da bunda dela sumindo...

Mas que saco, cara! Não tem nada a ver eu entrar aqui numas de poesia. Só tou querendo te explicar que o coração na boca é a mesma coisa que saturação de sentido. É isso aí que eu queria dizer naquela hora, agora lembrei! Não brinca não que esse problema é sério pra caramba. É bom você se ligar que tem muito computador que detona de tanto guardar na memória uns megabytes que nunca ninguém vai dar a mínima pra saber. Imagina a gente? É lógico que com as pessoas as coisas são diferentes. Mas isso é meio que igual. Vai ver que é por isso que o André está mais amarelo e essa tal de Paloma não tira os olhos do céu.

Comigo é a mesma coisa. No duro mesmo! Antes eu não conseguia falar com o meu pai porque na hora ele ficava mais vermelho do que bunda de gringa na praia do Bonnetti. Daí o coração subia com tudo e eu vomitava na porta do banheiro que nunca estava aberta. Também a minha irmã, a Tininha, parecia uma tonta dentro do banheiro. Descobriu que tinha dois peitinhos do tamanho de cocô de cabrita e acampou no sanitário. Sacou?

Mas eu não quero ficar falando de mim. Isso não interessa. Só preciso te contar a história do Morcegão pra você me tirar dessa antes que o meu coração se mande mesmo pelo céu da boca. Você deve estar ouvindo uma gritaria lá embaixo, escuta só... É o pessoal reclamando na rua pro Batman aparecer. Tem até uma cantora de ópera que está desde manhã na janela cantando uma música supertriste prum tal de Cavaleiro Andante voltar bem depressa. Tem gente que chora, tem gente que ri, mas todo mundo quer saber que fim levou o Cidadão Tristeza. É assim que ele ficou conhecido por aqui e é isso mesmo que ele é. Já já você vai me entender. É só você acreditar no que eu tou te contando e me escutar até o fim.

Me dá mais um tempo e me escuta então.

No duro mesmo eu não sei como é a sua cabeça. Uma coisa é o que ficam falando das pessoas, outra coisa é o que as pessoas são de verdade. É broca porque eu nunca te vi na minha frente nem conversei com você olhando no olho. Vai saber? Mas isso também é bobeira minha. Pensando bem, mesmo se eu te conhecesse, que diferença isso fazia? É só você se ligar nessa fita e tirar as tuas conclusões. Até o mês passado eu também achava que conhecia o Batman e agora ele me apronta essa. Aquele bundão simplesmente se mandou e não me deixou uma pista. Desapareceu, entende?

Eu já procurei em tudo que é lugar e nada. Fui uma pá de vezes no Pico do Jaraguá lá onde ele curtia uma de meditação toda sexta-feira. Fiquei ligado com a minha luneta em cada palmo da Torre da Paulista porque de vez em quando ele cismava de acampar lá em cima dando uma de fazer plantão. Atravessei a pé, tremendo na base, o túnel Jânio Quadros, o Nove de Julho, o Minhocão. Maior trampo. Isso só pra ver se ele tinha sido atropelado por causa daquela mania idiota de pular no capô dos automóveis e dos caminhões. Ele dizia que era pra pegar muamba mas eu acho que era mais pra aparecer. O Batman se liga na morte e eu acho que aqui nesse pedaço todo mundo é a fim de matar ou morrer. Quando eu olho essa luneta que acabou ficando aqui, mesmo se eu apontar pras estrelas, eu sinto um assassinato no ar. Pode até ser vontade de degolar um gato, fazer um furo num mendigo com um estilete novinho ou até se atirar do 13º andar. Mas é fissura com a morte. Hoje mesmo eu vi a síndica aí da frente tirando um pássaro esturricado da grade elétrica da janela. Um negócio bem nazistão. Ela esfarelou o bichinho com as duas mãos, jogou tudo lá pra baixo e gritou bem alto: "Acabaram-se as férias, invasor!" Ela disse isso mastigando uma coisa, espumando mesmo, parecia que estava com a língua enrolada.

Mas nem todo mundo aí do prédio colocou essas grades. Só ela e mais uns três que não quiseram voltar atrás. Ultimamente o Batman andava com os braços e as mãos em carne viva, coitado, tudo por causa desse holocausto que eles inventaram. Com esse sumiço dele, agora eu não sei mais.

Nem nos bueiros e nos esgotos da cidade eu encontrei sinal nenhum do cara. Com essa loucura toda eu achei que não era nada difícil ele entrar numa paranoia de se meter nesses buracos pra fazer uma canja do Pinguim. Mas nem sombra. Deixei uma pancada de recado nos lugares que ele frequentava. Escrevi nas paredes umas coisas num código que só a gente conhece. Toda noite eu fico aqui na janela fazendo sinal com o farolete de ondas magnéticas que ele mesmo me deu, e nada. O Morcegão nunca mais apareceu.

Bem que eu me invocava com aquele jeito meio porra-louca dele. E não era só por causa daquelas coisas que ele falava e a gente entrava na dele sem se ligar muito bem. Era mais quando ele ficava com o olhar parado querendo se mandar pro além. Te juro, bicho. O olho quase saía da máscara, a boca enrugava do lado direito, a cara ficava tão esquisita que eu não gosto nem de lembrar. Triste demais, cara, barra pesada mesmo, meu. Tinha vez que eu olhava nos olhos dele e, vai saber?, me dava a maior vontade de chorar. Se o Morcegão não fosse neurótico por macrobiótica, sujo com cigarro e com bebida, eu ia até te dizer que ele anda caindo no crime. Quer dizer, queimando um fumo lascado ou dando uma peguinha como se diz aqui. Mas não deve ser isso não. É aquele sentimento de culpa que ainda tá lá. E o medo também. É do medo que ele tira a maior força que ele tem. É isso, é isso aí, meu, e você sabe disso melhor que ninguém.

Como você sabe também, o Morcegão tinha umas bobeiras. Aquele negócio de encher seu saco com provérbio, viver enxotando os gatos no centro da cidade, aquela neura de ficar fazendo a cabeça de prostituta e travesti. Agora mau-caráter, eu nunca imaginei. Pior mesmo é se sumiram com ele, ele andou armando muita confusão. Não dá pra saber direito, mas parece que ele me sacaneou.

O papo é o seguinte, ô cara: o nosso amigo Batman é um grandíssimo viado. É isso mesmo e fim. Quando eu penso, pelo menos ultimamente, na máscara de morcego com aqueles dois chifres que ele vivia endurecendo com goma-arábica e palito da Kibon, eu fico no pique de vomitar. Por isso não dá pra entender por que o pessoal continua gritando lá embaixo pra ele voltar. Tem hora que eu acho que eles querem linchar o Batman, tem hora que não.

Também o Morcegão foi sempre uma figura muito estranha, até quando ele estava numa boa. Disso você sabe melhor do que eu. No último carnaval não deixaram ele entrar naquele baile de bibas, o Tapa Gay.

Ninguém botou fé que o Cavaleiro das Trevas estava na captura de um estuprador. E olha que nesse dia a capa dele foi demais! Brilhava até numa bosteada de catchup que eu sujei sem querer. Mas não teve brecha. Daí ele me mandou ficar com o carro ligado porque esse Maverick preto sem capota tá sempre com a bateria pifada. Eu fui e uma hora eu vi o segurança na maior baixaria: "Te manda, ô ratazana, e vai fazer michê na Consolação."

O Batman ficou com a boca tremendo, mas não perdeu o estilo. Tirou um chiclete do cinturão, mastigou umas dez vezes e cuspiu na boa. Pra mim essa mania de ficar mascando antes de pôr o pau na mesa era mais um tique nervoso e até que pegava bem. Por isso eu não acredito que ele usava anabolizante no chiclete como uma porrada de gente andou dizendo. Agora que ele ficava animal, com os músculos pulando embaixo da roupa depois da mastigada, isso acontecia sim. Era demais e nesse dia ele deu uma de Bruce Lee. Duas cambalhotas no ar e uma esticada de pé na testa do segurança que apagou na hora. Depois ele respirou fundo, pegou o cara pelo colarinho e prendeu o massa num gancho da parede, saca? O babaca ficou igual um presunto no cabide. Foi nessa hora que uma viatura apareceu e o Morcegão se mandou quase voando. Deu um pulo no carro por cima da porta e ficou só resmungando: "Quem com ferro fere com ferro será ferido."

Ele buzinava tanto essas caretices na minha cabeça que às vezes eu ainda saio com uma dessas sem prestar atenção. Acho que é por isso que tem neguinho que tira uma comigo me chamando de Mané Tribunal... Engraçado que eu só saquei agora que o Morcegão fala parecido com um detetive particular aqui da frente que tá enroscado até o pescoço com aquela investigação! (KLOÓCT) Não sei não se não é ele que fica ligando pra cá numas de terror. Mas eu não quero te contar isso agora senão eu entro naquela de ficar falando de mim. Só tou a fim de saber como é que eu entrei nessa do Batman e onde esse carinha se enfiou.

Não dá pra levar na boa, meu, eu dei a maior força pra ele. Qualé, pô? Já fiquei por falta na faculdade, me mandei dos amigos, faz um tempão que eu não transo mais com a Dedé, a minha garota, e assim não dá. Quantas vezes eu saí no pau porque me aparecia alguém querendo tirar uma com a cara dele. Até hoje eu tenho um dente quebrado aqui na frente de uma porrada que eu levei. A bronca é que sai um assobio quando eu fico nervoso e nunca mais deu pra encarar numa boa a língua da Dedé entrando nesse vão. Me azarei com essa e não foi a única vez. Também não dava pra dar uma de não tô nem aí. Tinha hora que o pessoal caía matando em cima do Batman e ele não reagia! Ficava duro, olhando dentro das pessoas, quase que ele perdia a cor. Eu até achava que ele estava entrando em alfa. Daí ele pegava a bombinha de ar e apertava no ouvido, na boca e no nariz. Fazia umas três ou quatro respirações dessas de ioga e ia embora. Foi isso mesmo que aconteceu um dia que um garoto jogou cândida na capa dele e um pedaço da barra sumiu. Era bem de noite, mas o Morcegão saiu correndo feito um vampiro e depois começou a chorar. Não sei se você tá sabendo nem sei se vai acreditar, agora aqui em São Paulo o Batman andava chorando de um jeito diferente. Era uma lágrima grossa, bem preta mesmo. Parecia um pedaço da máscara derretendo. Uma vez eu me toquei com essa tristeza dele e nem tinha como não me tocar. Dei o maior abraço de amigo no Batman, tudo no maior silêncio. Nem teve clima pra gente conversar. Mas depois eu vi, te juro mesmo, que a minha camisa ficou toda manchada de tinta nanquim.

Por causa dessas lágrimas e uma graxa que sai da máscara dele, teve uma pá de gente que ficou desconfiada. O pessoal andou dizendo que o Morcegão tinha matado a carinha que morou aqui antes de mim. Lembra? A Abigail que transava todas e colecionava aqueles gibis que eu acho que já te falei. Pode até ser que o Morcegão tivesse a fim de dar uma prensa nela pra ela parar de azarar com a vida dos outros. Orra meu, ela não deixava escapar um! E depois tem esse negócio do gibi e de você que agora é a maior paranoia dele. (KLOÓCT) Vai saber se ele não andou metendo a mão nos baratos da Abigail? Até pode ser. Mas assassino, ô cara, não sei não, isso não dá pra encarar. Pior que até eu fiquei meio sujo nessa, sabia? É sim. Como a gente andava junto e eu entrei com tudo na dele, a bronca também veio pra cima de mim. Mas eu nunca conheci direito essa cara. A não ser uma vez que eu dormi no apartamento desse meu amigo aí da frente, no tempo que eu fazia vestibular, e eu vi ela olhando pra nós. (KLOÓCT) Tá certo que eu não ia muito com a cara dela e nem o Batman. Agora essa de matar, té-logo! Que loucura, meu, o Morcegão nunca ia entrar numa dessa. Nem pensar. Como é que ele falava mesmo...? Ahhh!... Se os seres humanos pudessem se amar uns aos outros como os cães..., é cães, é isso mesmo..., daí o mundo seria um paraíso. Tá ligado na filosofia dele? Então? Como é que um cara desses vai sair por aí matando?

É lógico que dá uma bronca ver um fanático encarnando em você numas de te forçar uma moral! O Morcegão tinha essa coisa de profeta e às vezes isso era um pé no saco. Eu ficava empapuçado com aquele palavrório todo. Mas era de verdade mesmo quando ele falava, isso não sou só eu que penso assim. Por isso que justo eu que às vezes esqueço as palavras fui guardando quase tudo isso que ele falava, igual uma carimbada no cérebro. E te digo mais ainda... Se a minha mina, a Dedé, não me desse um stop, eu acabava do jeito do Morcegão.

Com essa história toda ela meio que se mandou. Também, tudo a ver, cara, nessa do Batman eu exagerei. É só pensar naquele dia que a gente estava no carro dela no maior amasso. Eu atacando, ela ficando na dela, os dois loucos pra chegar ali na portinha do amor que ela fechava lindamente cruzando as pernas. Você sabe como uma garota fica uma delícia quando a gente vai indo nela e ela cai fora. E depois, eu e a Dedé, um se ligava no outro de emoção mesmo. Era massa, era muito massa, era um tesão nós dois naquele banco de trás, mó barato! De repente me aparece um guarda não sei da onde e eu que estava em ponto de bala não tive nem tempo de fechar o zíper e saí com uma do Batman: "O coração tem razões que a própria razão desconhece."

O guarda me encarou como se eu fosse um alienígena. Eu brochei, a Dedé brochou. Tudo por causa dessa frase que o Morcegão ficava repetindo no Trianon e na rua Augusta vendo as paqueras de lá. Mais louco ainda foi convencer o cara que a gente era normal.

Mas normal mesmo eu não sou. Nem o Batman. E muito menos você. Acho que a gente é como o Maluco Beleza, o Raul Seixas, aquele cantor de roque que eu acho que já te falei e que cantava numa música que queria ser um maluco total, nada de sujeito normal, dizia que tava ligado muito mais em controlar a sua maluquez com a sua lucidez, ele era demais. Tem hora que eu fico pensando se ele morreu mesmo ou deu no pé, naquela de busca espiritual que é o maior barato dos hindus, manja?, e eles chamam de Iluminação. Se toca, brother, que esses caras nunca são muito daqui, estão sempre num outro astral. É, o Raulzito era fera e nunca que podia ser normal.

Normal também não é essa carinha que morou aqui no meu apartamento e no fundo acabou deixando essa luneta pra mim. Normal não é ninguém desse pessoal que continua lá embaixo e não dá pra saber se eles estão chorando mesmo ou querendo apagar com o Morcegão.

Mas eu não quero ficar torrando o seu saco com filosofia. Isso também não é papo pra nós. Às vezes quando me dá esse embaço, eu acho que é melhor fechar a janela, tocar uma e dormir dentro da capa do Batman. Pelo menos, no tempo que eu andava com ele, a gente saía disparado rasgando essa cidade em dois e as coisas aconteciam. Era louco demais ele me chamando de fiel motoqueiro e eu pisando fundo na máquina que nunca seguia reto.

Agora mesmo eu estou lembrando que uma tarde a gente entrou de moto e tudo no Cine Marabá. O Morcegão encanou que era uma baixaria lá dentro e que o banheiro devia estar cheio de marginal. O filme ainda não tinha começado e foi aquela confusão. Ele revistou todo mundo, abriu a roupa das mulheres, queria encontrar alguma droga dentro do sutiã. Achou que uma velha de chapéu era um líder de uma facção neonazista aqui em São Paulo, cê acredita? E que dois irmãos gêmeos que estavam lendo uma edição especial do Superman levavam o maior jeito de ser uma pessoa só. Você sabe que ele tem a maior bronca do Homem de Aço, que pra ele é o escoteiro mais escroto daí. Os três tiveram que mostrar a identidade e tudo. Os gêmeos provaram que calçavam diferente, a velha esfregou o peito na cara dele berrando que ela ainda era muito mulher. O Batman não se intimidou, só abriu bem as pernas pra ficar mais musculoso. Primeiro ele apertou uma teta da velha e depois quis encaixar as duas cabeças dos gêmeos uma dentro da outra. Então o gerente do cinema foi chegando naquela do deixa disso e chamou o Morcegão de ilustre cavalheiro. Não precisou mais nada pra ele explodir gritando: "Cavalheiro não, ô lanterninha, eu sou o Cavaleiro da Justiça e mereço mais consideração." Foi nessa hora que todo mundo começou a rir e o gerente falou no ouvido do Batman, bem sacaneando, que perdoar é humano e era melhor então o Cavaleiro da Justiça liberar os três marginais. Daí ele estufou o peito e respondeu daquele jeito que você conhece muito bem que perdoava sim, se eles saíssem por aí procurando o Robin porque era só pela honra do Robin que o Batman estava lutando no Brasil. (KLOÓCT)

Ninguém entendeu direito e a gente já estava de saída quando o Morcegão olhou desconfiado pra sala de projeção achando que tinha mais marginal escondido atrás da tela e por isso ele ia dar uma rasgada no telão. Mas nem deu tempo de pegar um estilete que ele tinha não sei onde porque a sala estava quase quarenta graus e o Morcegão começou a transpirar. A boca desmanchou um pouco, o nariz soltou uma tinta vermelha, meio gosmenta que nem sangue. Até um pedaço do queixo apagou.

Toda vez que o Batman fica desse jeito, eu não sei direito o que que eu faço. E também não dá pra ajudar em porra nenhuma! Ele é superorgulhoso e não aceita nem se a gente tenta limpar as manchas que ficam pelo chão. Não pode nem ver quando a capa respinga em alguém.

A primeira vez que eu vi o Batman encarando uma dessa foi num dia que eu peguei o ônibus aqui, pra ir na casa da Dedé, que mora lá no Tucuruvi. Ele já estava dentro do busão sentado bem no fundo com um paletó careta, desses de cara bem normal, e com um boné quase cobrindo os olhos, acho que se disfarçando porque era de dia e todo mundo já estava sabendo dele pela televisão. Mas eu saquei logo que era ele por causa daquele jeitão todo encanado e porque apareceu uma baba escura saindo pela boca dele que eu nunca tinha visto. De uma hora pra outra o Batman gritou bem alto um "my god" meio desmunhecado numa hora que o ônibus deu uma tremenda brecada pra não matar um carinha maluco que atravessou a avenida São Luís com o sinal fechado e tudo. Vai lá saber por que, o Morcegão ficou tentando pular pela janela, parecia, meu, que ele estava sem ar e o motorista que era uma mulher abriu a porta de trás, largou a direção um pouco e avisou olhando pra ele de um jeito assim muito legal: "Vai nessa, meu herói!" Não sei não, mas ela sabia que ele era o Batman dentro do ônibus que ela dirigia com a maior classe, com um vestido bem colado no corpo e na maior picada. Ele pulou fora, ela engatou uma primeira e ninguém entendeu nada.

Eu fui até o Tucuruvi olhando pra aquela mulher bonita pra caramba e achando mesmo, cara, que a vida do Batman, sei lá como, já estava fazendo muita gente entrar na dele numas de sentimento.

Mas eu não quero ficar te alugando com esse barato de sentimento. Sem essa! E depois o Morcegão já estava mal pra cacete desde quando eu descobri que ele vivia bem aqui na Consolação. Foi o dia que ele apareceu pra mim. Deixa eu te contar isso que é isso mesmo que você tem que saber.

No começo, quando eu vim morar nesse apartamento, me bateu uma saudade lá de casa e eu achei um saco ficar sozinho. Com o tempo eu fui me acostumando, conheci uma galera legal e tinha essa luneta. Pra te dizer a verdade, eu nunca me amarrei numa de ficar prestando atenção na vida dos outros. Sou agitado demais, nem curto televisão. Mas a luneta já estava aqui antes de mim, não tinha jeito de não olhar. Se liga naquele lance de predestinação? É isso aí. Você acredita que a primeira vez que eu abri o armário do quarto, cara, a luneta já era pra mim? Diz que a mãe da garota não quis nem saber dela e o zelador ficou na dele, falou que nem punha a mão. Até a polícia andou dando uma examinada, depois se arrancou. Estranho, meu, é que a garota caiu lá embaixo e a luneta continuou por aqui. (KLOÓCT) Vai saber...

Por que eu também comecei a olhar as pessoas por uma lente, também não dá pra saber direito. Agora a sensação é incrível. Você tá dentro das coisas e ao mesmo tempo não está! É a mesma coisa que entrar na rede – você fica se achando que é tudo e não é ninguém. É massa porque parece que você se transporta e entra numa outra dimensão. Como eu sempre fiz isso de leve, tem gente que nem se tocava, mas hoje a maior parte do pessoal é a fim de me sacanear. Logo quando eu comecei a falar com você, uma pedrada arrebentou a vidraça daqui da frente. Foram os caras lá debaixo e eu não sei se esse treco aqui gravou! Estou com medo, tou mesmo! É que eu estou aqui sozinho igual àquele dia e isso me deixa cabreiro.

Era um sábado. Não tinha nada pra fazer e eu peguei a luneta de novo. Eu já conhecia quase todo mundo de ficar olhando aqui de cima e também de conversar com eles. Nesse dia eu comecei vendo primeiro o seu Horácio. Faz tempo que ele é aposentado, não tem família porque a mulher dele e os filhos se mandaram prum outro país. Foi sacanagem deles, mas o seu Horácio não tá nem aí! Ele mora sozinho que nem eu e vive cuidando de uma gata que tem até nome e apelido de gente. É batizada no papel de Maria Alexandrina e todo mundo chama de Xaxá. Ela assiste televisão, come com ele na mesa e fica bronqueada quando o seu Horácio aluga uns filmes da Lassie, lembra?, ou quando ele passa muito tempo sem ler pra ela essas histórias de terror. De vez em quando eu vou lá e acho esquisito. Ela tem um olho amarelo e outro azul.

Nesse dia que eu estava olhando, ele arrumou a mesa, pôs a Xaxá sentada na frente dele e os dois começaram a jantar que nem um casal. Uma hora ela deu uma empurrada no prato com as duas patas. Esfregou o focinho num guardanapo e foi se espreguiçando com a cabeça virada aqui pra cima. Acho até que ela me viu. O seu Horácio, ele parecia que estava mais preocupado ainda com a Xaxá. Também ele é cheio de mania. Sabe esse tipo de cara neurótico com limpeza e com doença que usa até uma luva pra assinar um documento? (KLOÓCT) É que ele sofre de artrite nos dedos e é alérgico a tudo que é tipo de papel. Nesse dia ele pôs a luva pra pegar um livro na estante e a Xaxá ficou mastigando uma asinha de frango com a boca fechada. Bem fresca mesmo. Não sei, uma hora eu foquei a luneta na mão do seu Horácio e percebi que uma luva dele estava rasgada no dedo. Isso me deixou desconfiado mas é uma dúvida minha que depois eu te explico. (KLOÓCT).

Quando ele começou a ler uma história pra gata, eu enchi o saco. Olhei o andar de cima onde mora um casal de artista. Um não vai com a cara do outro e os dois nunca conversam. Ele é surdo e gosta de dançar toda tarde com uma máscara de carnaval. Ela é cega e dá uma de cantora de ópera na mesma hora. Um de costa pro outro, cara, você imagina? Agora eu só olho de vez em quando do meu quarto e com a luz apagada atrás de uma cortina. Não quero dar na vista. É um barato ficar vendo os dois, é sim. Parece que ela canta pra ele e ele só dança quando ela começa a cantar. Até hoje é assim. Acho que eu ficava olhando pra eles o resto da noite, se o halterofilista do 64 não tivesse dado um puta grito igualzinho o Tarzan. Desci a luneta rapidinho e ainda vi o cara com um revólver na mão apontando prum pôster do Schwarzenegger na parede. Não dava pra ver direito porque tinha uma fumaça vindo de algum lugar. Já ia telefonar pros bombeiros quando a professora entrou correndo e foi direto pra cozinha. Voltou e abriu todas as janelas, tirou a arma do cara, fez ele limpar a boca numa toalha que ficou suja de batom. (KLOÓCT) Ele saiu correndo e ela foi atrás. Quase na mesma hora o zelador entrou pra ver se tinha incêndio e eu lembrei que ele é meio sujo comigo só porque um dia ele me perguntou e eu disse que dublagem no Brasil não tava com nada e nem dava pra encarar isso como profissão. (KLOÓCT) Acho que o cara quer ser artista e não saca que nesse ramo não tem trampo. Pau nele que é ignorante pra cacete e tem mais é que ficar engolindo fumaça que foi isso mesmo que ele fez naquele dia.

No apartamento do lado, uma tal de Peggy Lee nem percebeu nada. É que ela curte umas transas malucas e estava batendo num careca pelado com um maço de flor. Acho que tinha espinho porque saiu um pouco de sangue e ele ainda ficava pedindo mais. Não deu pra ver mais nada. O cara se escondeu debaixo da cama e ela apagou a luz.

Resolvi dar mais um giro com a luneta e depois eu ia dormir. Vi que o apartamento daquele meu amigo que eu te falei continuava fechado. Mas eu não fiquei muito preocupado. A luz estava acesa lá dentro e a gente podia ver a sombra dele andando. Foi nessa noite que eu percebi que a frente do apartamento estava ficando amarela também.

Não sei que hora eu fiquei meio pra baixo, senti que a vida parecia uma zorra e apontei a luneta lá pro céu. Dei um tempo olhando as estrelas, é isso que eu gosto mesmo de fazer. Lembrei da Dedé, me deu uma vontade de ficar dormindo com a cabeça no peito dela. Eu ia até telefonar pra ela, não deu. De repente eu tomei o maior susto com um morcego que passou em frente da lua e sumiu. Eu comecei a mudar a posição da luneta pra ver se eu via ele em outro lugar. Daí eu desci o foco e parei na cobertura do prédio aqui da frente. Nunca que você vai imaginar, bicho, a loucura que foi. Bem lá em cima da laje, eu não sabia ainda que era ele, mas tinha um cara pronto pra se atirar. (KLOÓCT)

Não deu nem tempo de chamar a polícia. Na mesma hora que eu vi, ele prendeu a respiração com os dedos e se jogou. Eu gelei, até machuquei o olho na lente de tanto apertar. Não acreditei. A capa dele abriu com o vento e na sorte ficou enroscada num cano dessas antenas de televisão. Só que ele tava a fim de morrer mesmo, meu! Foi chutando a parede, deu uma porrada de soquinho com o corpo, fez uma força do cacete pra conseguir fazer um rasgo na capa. Ele queria de qualquer jeito se apagar, entende?

Saí correndo, desci a escada do meu prédio voando, nem esperei o elevador. Atravessei a rua e fui logo entrando no prédio. Não quis nem passar na portaria porque o zelador já tinha voltado e era mais sujeira.

Lá em cima quase não tinha luz. Mas eu vi a capa enroscada no cano e meu estômago deu umas três voltas. Imaginei o cara enforcado, a língua roxa, o olho cheio de meleca. Gritei bem alto: "Você tá aí?" O cara não respondeu nada, mas eu percebi que a capa rasgou mais um pouco com o peso. Tomei coragem e fui me arrastando até a quina da laje. Ele estava lá embaixo com as duas mãos agarradas na capa, a cabeça virada pra mim, o corpo nem se mexia. O olho branco era impressionante e tinha uma luz meio azul vindo não sei da onde. Quando ele me viu, não deu pra falar nada porque ele soltou uma voz rouca assim: "Robin, finalmente você voltou!"

Não entendi direito e nem tinha cabeça pra entender. Pensa na situação, o que que eu ia fazer? Achei melhor entrar logo na dele pra fazer o bicho subir. "Tou aqui, cara, sobe que a gente precisa de você", sei lá o que eu falei? Queria mais era tirar o panaca daquela e me mandar.

Bem na hora que eu disse aquilo, ele prendeu as pernas na parede pra não cair e abriu mais os olhos. Parece até que a máscara esticou um pouco. Daí foi demais. Ele ficou segurando a capa só com uma mão pra pegar alguma coisa no cinto. Depois foi fazendo um círculo com uma corda no ar e eu só vi um gancho que agarrou o cano da televisão na maior manha. Aí então ele começou a subir.

Quando ele chegou lá em cima, o cara me olhou bem sério e disse um treco assim que eu não era tão colorido como o Robin, mas que não tinha importância, e que isso não era problema, sei lá?..., porque fotografia em branco e preto combinava mais com o Brasil.

Ele era alto pra caramba, dava dois de mim, mas eu não fiquei mais assustado. Só me deu aquela moleza que te pega depois de uma tremenda tensão. Eu senti firmeza quando ele apertou a minha mão, deu uma pancadinha no meu peito e foi embora dizendo que a gente se via por aí. Fez que ia chutar um gato, pulou bonito pro outro prédio e sumiu.

Eu já tinha ouvido falar em tudo que era lugar num mascarado que andava rondando a Consolação. Mas nunca que eu podia pensar que esse cara era o Morcegão.

Ele levou uns três dias desaparecido. Uma noite eu vinha chegando em casa e dei de cara com ele na sala me pedindo um café sem açúcar. Estava pálido, meio tonto, nem quis comer nada. Passou o dedo no pó da mesa, viu a luneta no quarto virada pro alto e ficou cabreiro. Eu não tinha assunto e perguntei por perguntar por que ele não tomava um banho e fazia a barba. Engraçado que eu falei isso e não dou a mínima pra aparência. Ele me respondeu com aquela voz de caverna que aquilo não tinha importância porque nesse mundo ninguém era nada e que a gente tinha vindo do pó e pro pó a gente ia voltar.

Eu pus mais café na xícara pra não ter que esticar o papo. Ele não deixou por menos. Me empurrou até a janela, apontou as luzes da cidade e disse: "Um dia tudo isso vai ser seu!" Eu logo dei um chega pra lá porque pra mim essa cidade não me dizia nada. "Que tal uma ilha subterrânea pra você governar?", ele falou mais forte.

Na hora eu percebi que o Morcegão não estava querendo dizer uma ilha do tipo que todo mundo entende. No duro mesmo eu gostei de saber que aquele cara esquisito, pálido e com cheiro de naftalina, queria me mostrar uma ilha que devia estar pintando aqui dentro de mim. Olhei o telhado dos prédios, as luzes, umas pessoas andando na rua e senti como era fantástico ficar vendo o mundo do 13º andar. Meu coração começou a bater no céu da boca e me deu uma vontade de pedir pro Batman a capa emprestada. Não deu tempo. Ele já estava pulando a sacada feito um relâmpago e eu fiquei meio encanado com uma marca vermelha na xícara porque eu não tinha percebido direito se ele usava algum tipo de maquiagem ou até numas de batom! (KLOÓCT)

O Batman ficou mais umas duas noites sem aparecer no meu apartamento. Eu entrei numa de encucação e passava horas olhando pro nada. Andei até lendo umas aventuras de viagem interior e umas histórias de capa e espada. Isso só pra passar o tempo porque leitura desse tipo não faz a minha cabeça. Prefiro o John Fante que escreveu "Pergunte ao pó" e mais uma porrada de livro dele que eu me amarro. Ele é um escritor aí do seu país e tem um outro aqui que eu me ligo mais ainda que é o Caio Fernando Abreu. Ouve só: "Ainda bem que existe outro dia. E outros sonhos." Captou? Isso é uma frase dele que eu repito sempre e tem a cara do Batman, vai ver que a sua também. Como você tá vendo, eu gosto pra caramba de ler porque leitura é que nem sexo, a gente entra de cabeça e tudo e fica concentrado sem perceber direito que está prestando a maior atenção. Sempre que eu fico sozinho, só comigo, eu leio mais. É isso que eu faço e foi isso que eu fiz... Agora eu sabia que o Morcegão estava sempre por perto. Uma pancada de vezes ele aparecia no alto dos prédios ou pulava numa sacada e um raio azul ficava piscando lá de longe. Dependendo da hora, chegava a fazer o maior clarão no lençol da minha cama. O bacana era que eu pensava na capa dele e sentia uma ilha voando, me levando prum lugar bem distante.

A primeira vez que eu saí com o Batman, ele não estava muito bem e não é pra menos. Também um cara como ele que joga tudo pro alto por causa de um sonho, qualé meu? Chega uma hora que não dá pra segurar todas.

A gente começou dando um giro pelos bares, as boates, os lugares mais barra-pesada, tudo na maior calma. Tinha um pessoal que olhava desconfiado pra nós, uns davam risada e a maioria nem se ligava. Eu percebi que o Morcegão estava preocupado comigo e não queria de jeito nenhum fazer uma ronda pelos telhados. Eu forcei um pouco e ele me respondeu dando uma de profeta: "Take it easy, niño, a pressa é inimiga da perfeição." Eu concordei e entrei numa de concordar com quase tudo que o Morcegão fazia. Pra mim, sei lá, cara, às vezes podia até me dar pena, mas ele era fora do normal. É, bicho, e não é endeusamento não. Eu acho mesmo que o Batman vive dentro de um sonho e a fantasia dele, até aquela babaquice toda que você sabe, é muito mais verdadeira do que essa merda de vida que a galera toda da nossa idade fica encarando numa de real. Realidade o cacete, pô, esse mundo tá animal!

Por isso que eu me grilo com o sumiço dele e você bem que podia me explicar. Não tou querendo te forçar nada, tem papo que não é pra abrir mesmo! Agora tem o seguinte, ô cara, se você é amigo dele, eu também sou. Nunca dei uma mancada e olha que não era nada fácil levar numa boa uma porrada de coisa que pintava. No dia que a gente desceu pro Ibirapuera e o Morcegão encontrou umas crianças dormindo naquele monumento do empurra-empurra, ele ficou chorando mais de uma hora. Te juro por Deus. Teve uma hora que ele pegou um moleque no colo, apertou no peito com o maior carinho e a cabeça do garoto ficou toda manchada de azul. Foi nessa hora também que eu vi um balão de pensamento com aquele rabicho de bolinha saindo do capuz dele e tinha um negócio escrito mais ou menos assim: "Agora vocês vão ter um lar!"

As crianças estavam assustadas e ficaram mais ainda quando apareceu um carro da polícia dando tiro pro alto. Foi a maior loucura, até eu me joguei no chão. Agora o Batman abriu lindamente a capa, pulou em cima do capô da viatura e fez a sirene disparar. Zoou tanto que os guardas largaram o carro e começaram a esfregar a orelha na grama. Parecia que era coceira ou dor no tímpano. Não sei... Um deles até pirou. Primeiro riu bastante, depois foi enfiando o dedo no ouvido e apagou ali mesmo. O Morcegão ficou só olhando em cima do carro, explodiu a sirene com um chute e deu o maior berro: "Chispa daqui, seus porras, e vão dizer pro Robin que essa é mais uma pra ele..."

A gente saía quase sempre com aquele Maverick mas ele gostava mesmo de voar comigo na minha moto. A 23 de Maio era bico pra nós porque ele abria a capa atrás de mim e o pneu passava um tempo sem beijar o asfalto. Com a moto deu pra descer o pau em assaltante, chutar o saco de gigolô, dar uma cegada nos gatos com o farol de milha que era o jeito do Batman se divertir. Deu também pra traumatizar muito burguinha chapado nos Jardins e despachar na porrada uns tarados pro xadrez. Vai saber? Todo mundo é meio fodão.

O que nunca deu pra entender direito também é esse negócio do Batman gostar pra caramba de assistir o show de uma drag chamada Guta Simpson que, se eu não me engano se apresenta numa tal de boate Banana Erótica só de quarta-feira. Eu já até pensei que ele era chegado na fruta, mas não deve ser isso não. Um dia que ele me apareceu aqui com aquele capote e um outro chapéu superpanaca cobrindo os olhos dele, assim de uma hora pra outra numa noite de quarta, eu fiquei ligado nele. Foi aí que eu percebi que o Morcegão ficou um tempão na dele rabiscando um desenho de uma mulher meio que com cara de homem e eu logo me manquei que ele ia se mandar pra boate e caí matando em cima dele: "Tá levando camisinha no cinturão, ô brother?" E ele saiu fora com uma daquelas: "Não seja pervertido, garoto, que eu apenas aprecio a paradoxalidade das pessoas comuns." Esse tipo de resposta do Batman ainda me deixa com o saco na lua e na hora eu dei um stop naquele cara esquisito pra cacete que, vai saber por que, já estava ficando pra mim o meu maior camarada aqui da Consolação. Fui dar uma mijadinha e ele sumiu. Foi sempre assim... ele aparece e desaparece... não dá o menor toque quando chega e não deixa nenhuma pista quando se manda por aí. Nesse dia ele largou o desenho amassado com raiva em cima da mesa e eu vi que do lado da drag tinha um outro desenho de uma mulher triste com uma flor do lado direito da boca que também parecia um sinal de cicatriz. Tinha também a assinatura dele, aquele B, e uma frase que eu nunca esqueci: "Essa mulher me ama na tela." Fiquei mais confuso e achei o Batman a maior piração.

    Mas eu só ficava grilado mesmo quando o Morcegão perdia o controle e entrava em alfa. Você imagina ele na praça Princesa Isabel chamando a estátua do Duque de Caxias de Rã's Al Ghul e atirando dardo na pata do cavalo pra ele descer. "Não congela não, covarde, come here", ele gritava pro alto e não se tocava. O pessoal fazia uma rodinha e rolava de rir. O Morcegão pisava na bola nessas horas e eu queria sumir quando alguém jogava uma grana pra nós. Que vergonha do cacete, bicho, não dava pra encarar. Não sei se você já passou por essa. E eu..., eu ficava de bobeira ali com ele, não tinha coragem de me mandar, meu. Pior de tudo foi quando ele encanou que o Sílvio Santos, um cara de televisão daqui do Brasil, era o Coringa. Esse outro, você nunca que ouviu falar, tem um programa parecido com o parque do terror e fica rindo de tudo com uma boca que estica até as orelhas. Ele até que é um sujeito divertido, daquele tipo caretão na dele, e nesse dia estava verde, você acredita? Igual o Palhaço do Crime e por causa disso o Batman não aguentou. Primeiro ele riu como eu nunca vi ninguém dar risada na vida, na maior camaradagem mesmo. Depois, não sei o que deu nele, ele apertou tudo que é botão da minha tv e acabou chutando o tubo de imagem que explodiu na hora. Mais sacana ainda foi que ele nunca me pagou. Até hoje eu não esqueço o que ele disse nesse dia: "Ainda tenho ratos na alma, Robin, e, pra trazer você de volta, preciso exterminar aquelas histórias em quadrinhos." Saca, né? Não passou nem um minuto e o Morcegão foi numa pá de sebo da cidade e comprou todos os gibis da morte do Robin que ele conseguiu encontrar. Era de tarde e ele nem se tocou com a claridade do dia. Rasgou tudo, mordeu umas folhas até espumar e chorou uma lágrima vermelha como eu nunca vi. Eu já estava desconfiado e fiquei mais preocupado com essa história porque me lembrei de um outro barato. Uma vez o André, esse meu amigo, me contou que o Batman vivia ameaçando a Abigail. (KLOÓCT).

Eu parti pra cima dele e perguntei como é que ele podia saber disso. Ele me respondeu que aquele DC especial que o Robin morre tinha sumido mesmo do apartamento dela, a Abigail, entendeu? (KLOÓCT) Eu achei melhor não dizer mais nada e tinha razão. É que o André foi se arrancando rapidinho e eu notei que o cabelo dele tava ficando amarelo, acho que bem na raiz! (KLOÓCT)

Com o Morcegão eu também não toquei no assunto. Deixei rolar e ele sumiu por mais um tempo.

O Batman nunca me disse onde ele morava e nem adiantava eu sair na captura dele. O cara não parava num lugar. Parecia que adivinhava quando a gente estava chegando perto e dava no pé. Por isso que a polícia nunca descobriu nada e nem sei se ela era a fim. Vai ver que todo mundo dava uma de joão sem braço pra não cair naquela choradeira que aconteceu com uma pancada de gente.

Toda vez que ele passava mais tempo sem aparecer, eu curtia um pouco a Dedé. Mas ela já não tava muito na minha. Falava que eu vivia sujo pra cacete e a culpa era do Morcegão, que ela nunca tinha visto nem queria ver. A última vez que ela veio aqui, ela ficou olhando na luneta e me disse que o assassino era o seu Horácio. (KLOÓCT) Eu abri a blusa dela e fui falando de leve que ela só ficava falando aquilo porque ele era velho e vivia sozinho e isso era o maior preconceito. A Dedé continuou na luneta e eu fiquei beijando gostoso os peitos dela que estavam do tamanho dos peitos da Peggy Lee. Tirei a minha calça no tranco. Fazia tempo que eu não transava e eu não conseguia entender. Mas quando eu pus o nariz no umbigo dela, eu parei pra ouvir. Ela me disse que era só eu pensar num cara que escreve tudo com luva e eu ia entender. (KLOÓCT) Daí ela apertou bem a minha cabeça no meio das pernas dela, disse que naquele dia não ia dar, depois me empurrou e levou o maior tempo se lavando no banheiro. Eu pensei mesmo que a Dedé tava com nojo de mim! Nunca mais ela me telefonou e eu deixei pra lá. Um dia até me deu a maior saudade e o maior tesão e, eu de tô na dela e nem quero saber, eu saí no pau e peguei o ônibus que vai pra casa dela, lá no Tucuruvi. Não sei como, mas a motorista era aquela mesma mulher. Lindona, meu, com uma boca vermelha que só de olhar dava uma coisa no estômago e não era só eu, todo mundo não parava de olhar. E a jogada de pernas então! Ela me fazia imaginar e eu ficava imaginando que, se aquela fera engatava as marchas com tanta manha e com aquele jeito gostoso que fazia qualquer cara pirar, ela devia ser demais nuazinha debaixo de um cobertor. Não que eu estivesse a fim dela não, não era isso, não sei explicar. Você pode até achar que eu tava numa outra, dando uma de amor platônico, mas também não era isso não, meu. É que aquela mulher engatando uma terceira com a maior classe, com um tremendo sapato de salto bem alto e sem nunca abrir as pernas assim muito demais, de brinco e de pulseira e um cinto bem apertado na cintura suspendendo um pouco os peitos sem querer mostrar, aquela madona, cara, era só pra olhar, igual quando a gente olha uma estrela de cinema bem de perto e sabe que não dá pra entrar na tela.

    Nem pensei mais muito na Dedé e achei que era melhor voltar pra casa, sei lá pra quê. Não dei o sinal, pedi pra ela parar e a motorista me deu um sorriso e uma piscada numas de tou na sua, garoto sangue bom, e falou quase no meu ouvido: "Vai nessa, coração!" Na hora eu me lembrei do Batman e daquele desenho que ele fez de uma mulher triste, bem triste, com uma flor na boca, mas agora deixa isso pra lá.

Bom, mas falando de novo no seu Horácio, aquela desconfiança da Dedé é papo furado, meu! O seu Horácio não leva o menor jeito de matar ninguém. Se existe mesmo um assassino nessa história, é a síndica, cara. (KLOÓCT) Todo mundo fala que o marido dela andou saindo à noite com a Abigail e isso ela não perdoa até hoje. (KLOÓCT) Além do mais, ela é a mulher mais rápida que eu conheço. Quer saber por quê? Eu já cronometrei umas três vezes com o Morcegão, mas ele não põe muita fé. Também com aquela capa ele não tem nenhuma noção de velocidade pras pessoas normais. Agora eu te juro que ela leva cinco segundos pra se trocar de roupa inteira. (KLOÓCT) Pode acreditar no que eu tou te dizendo, cara! Não foi uma vez que ela estava brigando com o marido dela e se mandou de camisola por uma porta. Quase na mesma hora a desgraçada apareceu na sala prontinha pra sair. Até o cabelo ela arrumou diferente. Eu já saquei também que essa síndica é capaz de descer os oito andares pela escada em cinquenta e dois segundos. (KLOÓCT) Foi só uma vez ou duas que aconteceu isso quando faltou energia aqui, mas eu vi. Se você pensar bem, você vai concordar comigo que uma pessoa assim pode matar alguém aqui onde eu tou e aparecer quase no mesmo instante do lado de lá! (KLOÓCT) Mas o que mais me grila ainda é a neura dela por limpeza. Todo dia de manhã, exatamente às oito horas, ela fica esfregando os vidros da janela, lava, lustra, passa um monte de produto que não é normal. Você sabia que a maior parte dos neuróticos vive lavando as mãos? (KLOÓCT)

Agora, no duro mesmo, certeza eu não tenho. Pra te dizer a verdade, eu acho que todo mundo tinha uma fissura de matar a Abigail. Até podia ser eu, vai saber, mas eu não morava ainda por aqui. Pensando bem, nem o André tá fora dessa. Sabe aquele amarelo dele? Bruxaria dela, meu! (KLOÓCT) É, dá um tempo que eu te conto. E depois o que o pessoal mais reclama é que ela ficava dando gargalhada até de manhã. Aquele meu professor de filosofia me disse que risada é o maior perigo e eu tou pondo fé que ele tinha razão! (KLOÓCT) Me veio na cabeça agora que o Morcegão nunca dava risada até aquela única vez da visão que ele teve do Coringa na televisão e por isso mesmo a Abigail devia ser uma loucura na cabeça dele. Tá ligado? (KLOÓCT) Não sei se você acha piração minha eu ficar desconfiando do Batman de uma hora pra outra, mas é que a gente vai pensando e descobre aqui na nossa mente que esse cara é o maior mistério. Lembrei agora, meu, que uma outra vez que eu vi ele com uma tremenda raiva na cara e na mesma hora um puta prazer, e não era bem risada mesmo nesse dia, foi quando ele rasgou um diário dele e jogou aqui no lixo. Ele espumou pra caramba, deu uma escarrada na janela e me olhou bem nos olhos como se tivesse se livrado de um mal não sei da onde. Queria dizer isso de um outro jeito, com uma outra palavra e não acho, mas que era um mal, era. Foi igual como ele fez com os gibis. (KLOÓCT) Eu guardei todos os pedaços e nunca li porque eu não achei legal mesmo. Maior respeito, diário é diário, concorda? Mas agora é diferente, esse cara desapareceu e eu até tou gravando essa fita pra você de tanto que eu me azarei nessa! Só pra você ficar sabendo, eu decidi justo nesse minuto que eu vou montar esse diário que nem um quebra-cabeça. Se eu conseguir, eu te ponho nessa e você também lê. Isso se você não der um sinal primeiro, o que eu vou achar muito legal. Estou confuso pra cacete, cara, e acho que tem muito mais gente pensando que o Morcegão pode ter apagado a Abigail. Ainda mais que ela sabia muito beeeñññmmm quuuiiiaaa paraaañññuuuoooiiiaaa dele era vwwwoooossscccêêê puuuorque uuuooo Baaatnnnmmmmãããññ sem o Rooobbbiiiñññññ ñññãããããã................ (KLOÓCT)

Tudo é clandestino, taciturno e sombrio em São Paulo. Mesmo o rapaz que entrou no Correio para enviar um volume no formato de um pequeno caderno, tudo hermeticamente lacrado, fez isso como se ensaiasse um crime. Demorou bastante na avenida São João, sentiu o coração subir pelo céu da boca antes de se aproximar do guichê para despachar a correspondência. Selou o envelope nervoso, passou o dedo com cola na língua, cuspiu um cisco de papel no cesto do lixo de arame trançado. Quando voltou para o seu apartamento, carregou com ele esse lado escuro das ruas. As outras pessoas que vivem na Consolação estavam também completamente escuras, por dentro e por fora, e não faltou energia elétrica nesse dia.

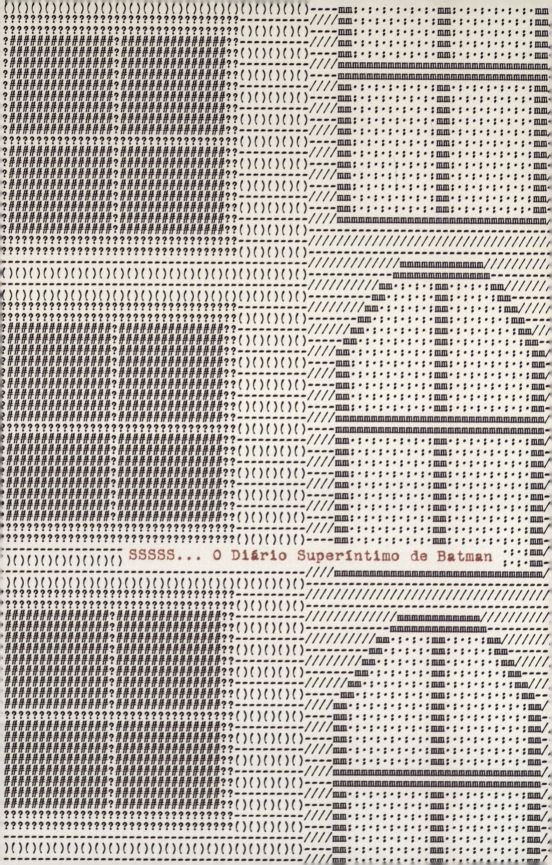

SSSSS... O Diário Superíntimo de Batman

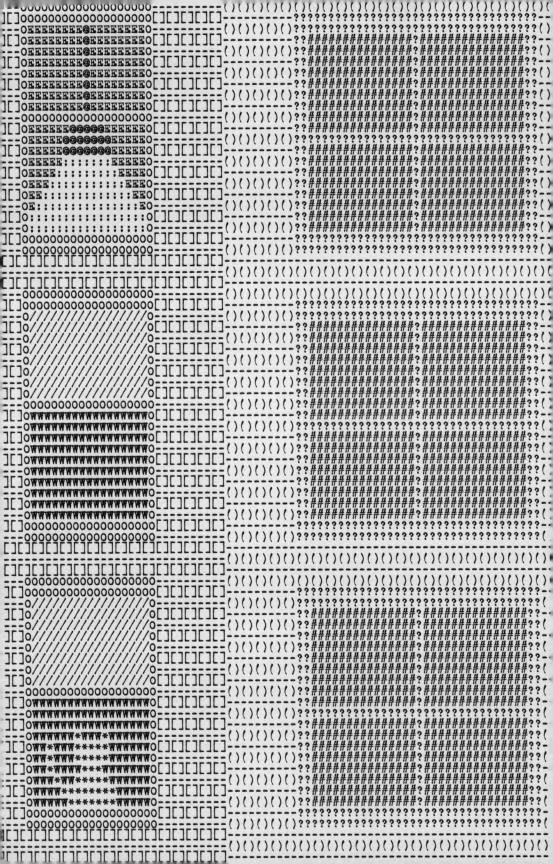

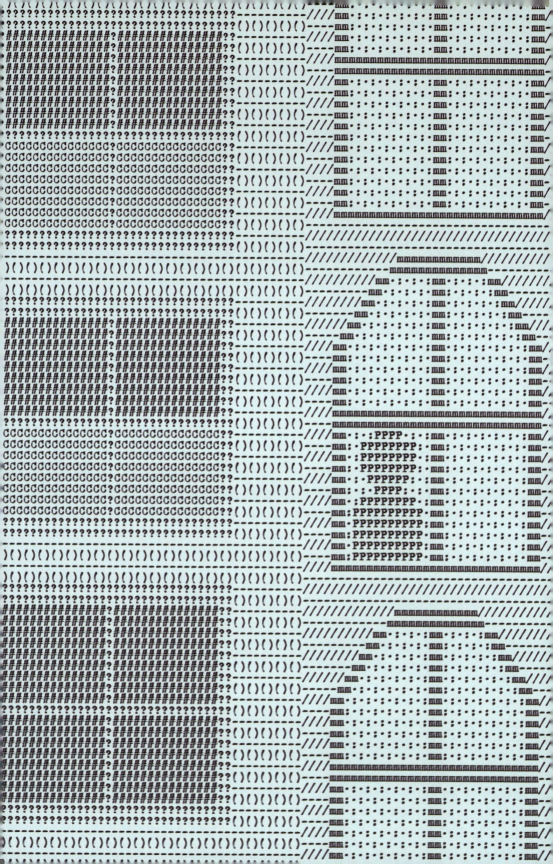

São Paulo, 12 de março de 2010.

Hoje entrei numa livraria da rua Barão de Itapetininga procurando um livro do Nietzsche. Queria ler mais alguma coisa sobre os super-heróis para saber até que ponto a filosofia é capaz de desvendar quem somos nós. Não encontrei o livro. Também não encontro quase nada nesse país que me comove pelo excesso de emoções e até mesmo uma certa carência de sabedoria. Mas apontei para a vendedora, uma loira com unhas de felina, esse caderno de capa dura. A partir de hoje ele passa a ser o meu diário. Outros diários já escrevi e a todos eles dei fim. Sei que o segredo dos diários guardados a sete chaves é uma doce mentira. Todos que se confessam com palavras secretas buscam desesperadamente a cumplicidade de alguém. Só que se revelam com óculos escuros como quem chora e quer chamar mais atenção por trás das lentes. Não sei o que acontecerá com esse diário, ele é o início de um nada.

É como eu me sinto hoje, apenas os quadros vazios de uma história em quadrinhos.

São Paulo, 13 de março de 2010.

Durante toda tarde tentei escrever um poema. Não consegui. Pensei em escrever uma carta de amor pelo simples desejo de escrever. Ou de inventar, que diz melhor.

Desisti.

Todas as cartas de amor são ridículas - já li estas palavras em algum lugar e concordo com elas.

Melhor ficar em silêncio, apenas silenciar.

O silêncio diz tanto.

Amanhã ou depois, vou me preparar para pintar uma imagem qualquer.

Às vezes ou quase sempre sinto, por dentro da minha capa e atrás da minha máscara, que enfrento os desafios e os perigos da noite em busca da aventura de criar. Sou movido por fantasias como um mágico que faz truques para iludir os outros e se iludir. Algo em mim diz que tenho vocação para algum tipo de arte... Pode ser. Por que não? Todos têm. Mas isto não é o bastante. Não mesmo.

Por enquanto vou continuar escrevendo este diário. Provisoriamente me confesso e preencho um vazio. Ao menos eu imagino, e a imaginação é meu porto seguro e minha perdição. Imagino as minhas mãos desenhando palavras azuis. E de fato elas desenham.

São Paulo, 14 de março de 2010.

Hoje nem me levantei da cama. Peguei uma gripe malvada e estou muito entediado. Só consigo mascar chicletes e chorar. Sofro demais com essa coriza que escorre pelas narinas e mancha as minhas roupas. Enquanto isso vou naufragando no spleen.

São Paulo, 15/03/2010

O Brasil me encanta às vezes. Quase sempre, talvez. Por essa razão espero há tanto tempo encontrar novamente o Robin nesse lugar envolto de fantasias azuis. O azul ainda é a minha cor predileta. Azul misturado com cinza-chumbo, quase o preto que se ilumina azuladamente de tão escuro que é. Enquanto meu companheiro não volta, vou divagando no mais fundo de mim...

Era uma vez um Robin, dois Robins, três Robins. Mil Robins. Robin está momentaneamente morto porque as pessoas decidiram que eu devia permanecer só. Quando lembro que os outros traçaram o nosso destino, eu fico irado que é a minha raiva maior. Também não é para menos. Já nasci com minha história esquadrinhada num folhetim qualquer. Uma revista com começo, meio e fim. Um labirinto, porém previsível.

Mas aqueles que fizeram de mim um Cavaleiro Solitário não sabem, não mesmo. O que eles não sabem é que a vida é elástica, abre e fecha todos os dias, ainda mais quando se trata de nós.

Não tenho nenhum poder, nunca tive. Guardo apenas o rancor dos injustiçados e quero Robin de volta.

Que viva eternamente na desgraça e só de realidade, nada de sonho, essa gente anônima que tirou o meu amigo de mim. Fuck yourself.

São Paulo, 16 de março de 2010.

Não dormi esta noite e decidi caminhar pela manhã. Coloquei um chapéu de abas largas e óculos escuros que troquei com um camelô por um anel de prata grafado com B, presente do Alfred num certo natal.

Cheguei à praça Horácio Sabino no Alto de Pinheiros e caminhei muitas horas buscando uma paisagem que eu sentia dentro de mim. Por volta do meio-dia talvez, encontrei uma árvore solitária entre tantas outras e comecei a pintar. Não sei se foi o óleo que não estava bom, os pincéis que não prestavam, ou as cores que eu deslizei na superfície branca e não conseguiam materializar a cor que eu perseguia num jogo intuitivo. A imagem ficou mimética demais e não foi possível surpreender o rosto da árvore.

Nunca um rosto me recusou tanto. Nunca mesmo.

Para lembrar: "nunca" é uma palavra que tenho usado muito e vou tentar não usar nunca mais.

`SP/18/03/2010`

Essa noite eu tive outra vez aquele pesadelo horrível com meus pais. Tenho nove anos e a situação é sempre a mesma. Estou saindo do cinema com eles, sentindo aquele medo ancestral que me fez interromper o filme do Zorro. Caminho quase sem ar. A voz do meu pai é firme e calma quando diz qualquer coisa como comer uma pizza de frutos do mar. Ele sempre sabe como os meus sentimentos acontecem dentro de mim. Não vejo o rosto da minha mãe nem ouço a sua voz, mas ela está lá, os dois me acolhem. Sinto o silêncio da noite como uma flor que se abre para o acaso dizendo que sim. Não entendo e é estranha essa carícia que me puxa para dentro da noite, que me exila de mim, que me faz sentir uma solidão que parece não ter nenhuma razão de ser. Quero muito tomar uma Coca-Cola antes de comer pizza ou qualquer outra coisa. Tenho uma sensação incômoda de que até então só tinha vivido da barriga para cima no cinema e acabei me esquecendo de ir ao banheiro urinar. Estou com a bexiga cheia, acho que vou estourar.

De repente é o homem que aparece num beco escuro e aponta o revólver para os dois. Pede a bolsa da minha mãe, ela grita, ele quer o seu colar. O colar arrebenta e uma pérola pula no meu olho. Eu sinto que estou molhando as calças. Meu pai avança para proteger a minha mãe, primeiro vem o tiro para ele, depois é ela que cai.

Acordo no sonho e ainda estou vivo, não houve o terceiro tiro para mim. Acordo do sonho, acordo concretamente e tenho de viver. Só me resta esse sentimento de culpa e de rancor que me move até os confins do universo. Meus pais não queriam ir ao cinema, fui eu que pedi para sair da sala de projeção, o colar de pérolas foi minha sugestão, a humanidade é naturalmente má.

Que sonho horrível! I hate sleeping. I'll never sleep again. Never. Never. Never!

S.P. 19/3/2010

Sonho. Por que será que as pessoas sonham? Talvez por necessidade de sobreviver. Todo mundo precisa inventar histórias, criar muitas fábulas, lendas também, jogar fantasias no ar, sonhar, sonhar e sonhar para entrar numa outra dimensão..., se não enlouquece. Até mesmo os sonhos mais terríveis como estes que me acontecem, quem sabe, existam para me salvar.

Existe dentro de mim um apelo e uma força obsessiva que quer criar. Parece que a vida pede sempre para ser reinventada, se é que alguém a inventou. É..., é um sentimento de falta, falta alguma coisa nessa existência que a arte quer compensar. Qualquer coisa que ainda não se sabe, que não se viveu, que é desconhecida. Como aquele pássaro, aquele pássaro ali que pousou na janela do Hermann e agora olha indeciso para o céu pensando se deve voar ou não... Este pássaro assim é só arte de tão real que ele é. Precisamente por não voar, vai abrindo levemente as asas sem coragem de se jogar no ar. Ele é o voo possível e impossível também. Ou o voo prometido de todos os pássaros. E, por que não, de toda a humanidade.

Alguém já disse qualquer coisa como "A arte é uma confissão de que a vida não basta." Quem escreveu isto? Um tal de Fernando Pessoa? Walt Whitman, meu poeta maior? Oscar Wilde, Rilke, Shakespeare? Ou foi Rimbaud? Parece tanto com ele... Talvez todos eles, afinal de contas a existência é um capricho de Deus. Pelo menos é assim que eu sinto. Provavelmente Robin também e todas estas pessoas que caminham sem destino num bairro chamado por ironia de Consolação.

Viver é uma busca sem fim e isto é um outro capricho de Deus.

20 de março de 2010, às 3 horas da madrugada.

Vou dormir e não jantei porque não havia nada na geladeira. Tenho fome por dentro e por fora. Sinceramente mesmo sou o próprio paradoxo existencial: estou com o estômago vazio e no meio das pernas com o maior tesão. Quelle merde.

21 de março/ 2010, manhã.

Por onde andará Abigail Aparecida Chaud, eu me pergunto quando me lembro do seu olhar invasivo, a testa sempre coberta por uma franja insolente, os lábios entreabertos criticando a existência dos outros sem nunca pronunciar uma acusação mais direta. Apenas insinuando a parte fraca e os aleijões de todos, silenciosamente e de modo tão cruel. Por onde andará ela? Abigail morreu e permanece mais presente, agora está mais real. Há pessoas que morrem e se tornam mais vivas porque a história das suas vidas fica como uma inquietação contínua ou até mesmo um tormento atroz na memória de quem cruzou o seu caminho. É o próprio mal da natureza humana resumido num único ser. Abigail era um mal, sempre será. Nunca consegui arrancar dela o que me pertencia, o que para mim era vital e ela me roubou. Não posso lamentar a sua morte nem revelar quem matou Abigail com o golpe assassino das mãos de qualquer um de nós.

Melhor silenciar, tomar um banho, fazer uma escovação rigorosa dos dentes, aceitar que algumas pessoas não morrem nunca e tentar acordar nessa manhã que prenuncia um dia nublado e sem ar.

Um dia triste, melancólico, um voo sem asa é a paisagem dessa cidade que clama silenciosamente por aventura. Se possível, aterradora.

21 de março/2010, noite.

Dia nublado outra vez.

Agora é noite e não há penumbra lá fora porque só posso ver a penumbra que ficou em mim. Hoje o dia foi inútil, não houve uma tira, um balão na minha alma, quase não existi.

No declínio da tarde, lá no alto do Viaduto do Chá, eu olhei o Anhangabaú e vi uma paisagem que me convidava e se oferecia aos meus pincéis.

Com as cores na mão olhei longamente a paisagem e nada. Nem um traço da praça que parece fazer reverência ao Teatro Municipal. Não movi um dedo e não podia ser diferente.

Para pintar uma paisagem, é preciso ver que, mesmo na calma, a natureza se espanta. Não sei pintar aquela paisagem e nenhuma outra porque não consigo pintar o espanto da natureza.

Há sempre um não sei quê de misterioso em tudo o que existe. Foi isso que Charles Baudelaire disse e é isso que a arte quer. Ela convida sempre as minhas mãos. Pede, insiste, implora para existir, quer ser.

E eu sou este fracasso.

Melhor sair por aí e enfrentar as trevas, cara a cara. Talvez eu descubra o rosto da noite e recupere um pouco das minhas feições que me parecem nubladas também. Talvez eu ainda possa existir. Vou...

22/03/2010

Há dias, e não são poucos, em que não decido antecipadamente para onde quero ir. Tomo um ônibus qualquer e me deixo levar, mas sei que vou chegar a algum lugar que já mora dentro de mim. Hoje não almocei, não tive fome e uns poucos trocados que eu guardava por debaixo do meu cinturão sumiram, deixaram de existir como tudo que faz parte da minha vida.

As coisas, as pessoas, os heróis das histórias em quadrinhos sempre vão embora de mim.

Pouco me importei. Acho até que tenho um certo prazer de sentir o estômago vazio e um vazio na alma quando saio sem destino e vou por aí. Parece que estou em estado virgem e com todas as portas do meu corpo abertas para o que vai acontecer. Quase sempre nada acontece, mas hoje aconteceu.

Estava no último ponto da Consolação e fiz sinal para o primeiro ônibus que apareceu. Seu destino era Jaçanã, entrei. E foi então que aconteceu. Quem dirigia o coletivo era uma mulher, uma linda mulher, a própria imagem do que imagino ser a perfeição. Tranquilamente me esperou subir os degraus, me cumprimentou com olhos ternamente verdes, esperou eu me alojar numa poltrona, deu a partida e sorriu. Durante o trajeto eu me dei conta de que ela mesma recebia as passagens e por algum motivo não havia cobrado a minha. Achei injusto tanto trabalho para uma mulher tão delicada e eficiente na condução de um ônibus aparentemente sem destino com pessoas talvez sem destino também.

Olhei longamente para ela como se olha para uma paisagem. Feliz ou infeliz, não sei, pouco importa.

Ela estava vestida de branco, branco era seu vestido, branca era sua tez. Dirigiu com a propriedade dos homens que já nascem num volante. Só que usava brincos, tinha os cabelos minuciosamente trançados, fio por fio, o corpo ereto desenhando a precisão das curvas, calçava sapatos de salto bem alto e a boca estava sensualmente molhada de batom.

Quando chegou no ponto final, eu busquei e não encontrei o dinheiro da passagem no meu bolso rasgado e sem fundo. Fiquei então humilhado sofrendo um outro tipo de vazio. Ela percebeu, então abriu a porta da frente e simplesmente me sorriu com um provisório adeus. Hoje aconteceu uma mulher na minha vida e eu me senti um herói das histórias em quadrinhos sem precisar lutar contra a vilania das metrópoles, sem a menor necessidade de escalar os prédios da cidade de São Paulo, sem perigos e desafios, apenas vivendo a aventura de contemplar uma mulher que olhou dentro de mim e de alguma forma me fez voar.

23/07/2010

Voltei ao ponto de ônibus nessa manhã para ver e rever a mulher de branco. Durante toda a noite ela não saiu do meu pensamento. Cheguei a imaginar que ela dormia comigo e não sei não se ela não pôs a cabeça no meu peito e ressonou. Vai entender o que é realidade quando se encontra com alguém que sempre existiu como um encanto prometido, bem antes do primeiro encontro. Ela apareceu na minha vida e até agora ainda não sei o que me acontece, o que me aconteceu. Não sei seu nome, nem onde mora, nem mesmo quem é esta terna e altiva mulher. Talvez seja paixão, mas faz apenas dois dias que ela surgiu. É tempo pouco demais.

  Parece que é adoração contemplativa por alguém que eu nunca tinha visto, nem imaginado, mas já existia há séculos dentro de mim como uma espécie de encontro de iguais. É perigoso encontrar uma mulher assim tão de repente, principalmente para mim que tenho uma missão a cumprir, e um amor não tem lugar. Eu sou o Batman e sigo um juramento. Mas, por outro capricho do destino, encontrei a mulher de branco e me preparo para ela, mesmo sem querer, me preparo com cuidado e o sentido mais humano de comunhão. Como foi hoje.

Ela abriu a porta, eu entrei, ela me cumprimentou. Só isto, e isto é tudo.

Esta mulher de branco já é uma pintura na minha paisagem interior. Só falta pintar na tela ou numa simples folha de papel.

S.P. 24/3/2010

Ontem à noite quase estrangulei um ladrão de automóveis. Num certo momento tive um desejo incontrolável de morder e sugar a sua jugular. Sei que não faria isso, não fiz. Por estranho que pareça, vi nos olhos dele o medo de toda a cidade. Meu também. Dentro dos olhos dele não pude deixar de ver o meu medo de sempre, medo que eu sinto desde antes de nascer... Gotham City estava no seu olhar.

Hoje não sei mais se essa luta contra a desordem que pode até ser uma desordem da sala, um móvel fora do lugar, vem de um antigo sentimento de vingança. Talvez seja um modo de combater este medo que ainda existe forte em mim e deve ser minha força maior. Quem sou eu senão um desenho animado que todos admiram dentro de uma tela, mas nem sequer sonham em tocar? Pior que fui eu mesmo que escolhi a minha própria máscara. Ela está tão grudada no rosto que, sem a máscara, não sou ninguém. Não tenho história pessoal, uma marca de cigarro, um amor... Há momentos em que sou uma pessoa tão previsível, tão definitiva, até mesmo nessas horas em que fico com os nervos à flor da pele e tenho impulsos de triturar os ossos de um simples aprendiz de ladrão.

Sempre foi assim, desde o início quando a vingança ainda era uma violência sem alvo, um tiro no vazio. Mas um dia eu vi aquela máquina voadora planejada pelo Leonardo da Vinci. Depois foi aquela invasão de morcegos que arrebentaram os vidros do meu ateliê como aliados do meu rancor. Aceitei o disfarce, estava ali a minha chance. Batman para sempre.

Agora acho melhor sair. A noite é um manto escuro incitando um festim diabólico e chama por mim. Permaneço sempre à margem da vida. Um marginal perseguindo marginais.

Que seja: Si vis pacem, para bellum.

Um domingo de março de 2010 e de todos os anos da minha vida. Manhã ou começo do que não sei.

Desde a minha mais remota infância, domingo sempre foi o meu dia de sonhar. Meu pai acordava cedo, minha mãe fazia questão de preparar o café, Alfred ocupava um lugar na mesa e deixava de ser mordomo por um dia inteiro. Domingo sempre foi um dia de pausa e a realidade não tinha nada de real porque tudo o que acontecia vinha como um sonho. Não era necessário viver. Papai não trabalhava, fazia mágicas para mim, jogava beisebol comigo no imenso pátio do nosso casarão. Mamãe enfeitava a sala com dálias do nosso jardim, perfumava o ar com incensos dos países mais distantes do Oriente, punha um dos seus vestidos brancos, igual à motorista do ônibus, e inventava histórias extraordinárias ao cair da tarde para o domingo não terminar. Alfred não me acordava, nem escolhia as minhas roupas, nem me chamava de senhor Bruce e eu não tinha de ser patrão. Havia uma hora em que a casa criava asas e eu tenho uma impressão de que todos nós começávamos a voar.

Se me perguntassem se eu sou um bom herói de histórias em quadrinhos, eu diria que sim, porque a minha imaginação é muito maior do que a vida. Imaginar é o meu bem mais caro e é também o meu melhor mal.

Olho a Consolação, a Higienópolis, o Centro de São Paulo aqui do alto desse prédio e imagino todas as pessoas que residem ou passam por aqui. O que há dentro do André que muda a cor da sua pele? O que faz o halterofilista desconfiar da sua própria identidade? O que existe no mundo da Paloma que, de uma hora para outra, ela parece alçar um voo e quase começa a levitar?

O que havia na imaginação do homem que me inventou e aqui no Brasil me tornou um personagem fora das histórias em quadrinhos, nessa manhã de domingo tão real? Imagino logo resisto - não é tão trágico assim.

28/07/10 - final de domingo e apenas lembrança...

Ontem pintei o perfil de uma mulher, uma mulher de branco. Fiquei em silêncio, fingi que ela não existia para só agora lembrar... Tento descrever o que me aconteceu atirando palavras nessa página do mesmo modo que a pintura de repente me aconteceu.

Mal esbocei seu rosto e ela já respirava. Senti que precisava de mais realidade e voltei a fazer o percurso até Jaçanã - volto à mulher de branco. Vou até o final da linha dessa vez e desço pela porta de trás. Eu olho para ela, ela me olha e mais um provisório adeus. Fico a uma distância de vinte metros de uma padaria onde ela entra majestosamente como se chegasse pela primeira vez para inaugurar um lugar. Todos fazem reverência, cumprimentam, derramam no seu porte esguio e na sua generosa elegância saudações. Crianças se aproximam e a mulher de branco abre a bolsa para oferecer balas e bombons, pedaços de bolo com uma cobertura branca que ela mesma fez. Eu sinto que sei quase tudo dela, ela deve saber muito de mim. Nunca nos falamos a sós, mas sabemos um do outro na nossa solidão.

Ela vai até o caixa, compra um maço de cigarros, na saída acende um. Traga longamente e longamente solta a fumaça que parece criar uma aura em torno da sua cabeça como se ela se deixasse admirar quase imóvel no seu altar. Todos admiram, todos se sentem menos anônimos por ela simplesmente existir.

Eu olho mais para ela, permaneço num agradável estado de contemplação, ver me basta. Ou não... Tiro de uma pasta a tela e pinto quase involuntariamente, mais e mais. Ela acontece.

Ninguém me chama a atenção em particular e eu penso quase dentro dela.

Pinto mais e surge o seu sorriso sempre a meio caminho de um foco de luz.

Vem a luz. Agora a pintura tem luz e o vestido é branco como se todo o branco do mundo viesse na forma de um vestido.

Não consigo entender como seu vestido eternamente branco, de um branco alvíssimo e com o mesmo modelo todos os dias, está sempre impecável. Sem um sinal da poeira e da poluição que ocupam cada centímetro do ar da cidade, sem nenhuma mancha, sem a menor mácula diz melhor o que quero dizer.

O vestido parece uma outra pele moldando seu corpo, delineando maciamente as suas curvas, os seios meio fartos e também generosos, insinuando a nudez de uma mulher na intimidade do seu quarto de mulher.

Fico excitado talvez. Não sei - afinal, diante dessa mulher de branco, vivo sempre o sentimento de calma e permanente excitação.

Sinto falta da minha capa ainda que puída e rasgada, a minha túnica alada que poderia cobrir uma súbita ereção sem um centro mais sexual, em todo o corpo, uma ereção para alguém que me acontece e me visita para o amor. Será que estou amando uma mulher que me olha e me acolhe todos os dias para um trajeto que promete uma viagem muito além do ponto final? Será que ela tem vários vestidos iguais ou este seu único traje é uma outra pele mesmo?

Pinto mais e a mulher de branco acontece mais.

Ela está sempre nua para mim, voluntariamente ela é uma pessoa nua, a nudez desarmada e tão grave é seu traço mais pessoal. Nunca senti nada por alguém assim. O Robin que me perdoe.

29/03/2010

Não fiz nada pela manhã. Permaneci na pensão mesmo. O mês termina e me mudo para outra pensão na Duque de Caxias. Fico lá por uns tempos, depois passo uma temporada num hotel, quem sabe um pequeno apartamento. As pensões já me cansam, é uma sensação de lar sem família. As pessoas estranham o meu capote longo, esse chapéu de abas largas cobrindo o meu rosto. Faz calor, todos riem. Não me incomodo. O ambiente aqui da avenida Nove de Julho é deprimente. As paredes são sujas. A cozinheira cheira a suor amanhecido e grita com um fio de baba branca no canto da boca. Algumas baratas sempre me esperam assustadas no quarto quando volto antes do amanhecer. Hoje no almoço, eu nem toquei na salada. Depois subi e dormi lendo um conto de Isaac Asimov. Tive um sonho horrível com o meu antigo mordomo. Meu querido e fiel Alfred. Ele fechava o caixão dos meus pais e entregava a chave para mim como um testamento. A herança me veio na forma de um pêndulo da justiça e é do sentimento de vingança que tiro uma outra força maior. Alfred não teve esta intenção, mas é desse modo que eu sou e serei até o fim dos meus dias.

Sinto saudade dele, sinto falta dos cuidados que ele sempre teve comigo. Desde a gola da camisa impecavelmente passada até a torrada no ponto com uma levíssima camada de geleia de damasco. E aquela frase que nunca esqueci: "Nunca vou desistir do senhor, patrão Bruce." Ele nunca foi só o meu mordomo. Dedicou a vida para cuidar de mim. Talvez eu não tivesse sobrevivido sem o Alfred, depois que meus pais morreram. Agora estou só nesse mundo estranho e a ausência do Robin ainda fica maior sem o velho e fiel amigo Alfred Pennyworth. É, não somos nada sem um Alfred nessa vida. Oh God, o que foi feito de mim? Em algum lugar ainda guardo aquela chave que abre diariamente o rancor do meu coração. Que sonho horrível! No quiero dormir nunca más. Nunca, nunca más.

S.P., ../../..

Hoje não consegui pintar.

Existem dias que podiam ser riscados do calendário como um quadrado branco na folhinha ou uma pausa no coração. Nada aconteceu e a vida se tornou um torpor. Não houve nem um pouco de POW, nem mesmo um pequeno sinal de SLAM ou ZAP, uma leve insinuação que fosse de CRASH ou CLANG nessa merda toda que é viver. Foi por se sentir infeliz que Deus criou o mundo, como dizia Henri de Montherlant. Mas não deu certo.

Se eu pudesse ao menos criar alguma coisa para passar o tempo ou preencher esse vazio. Escrever um poema. Pintar um outro quadro enquanto a mulher de branco não volta a motivar as minhas mãos. Talvez compor uma música sem palavras. Escrever uma história em quadrinhos com um balão na boca do Robin me avisando sinceramente: "Bat, meu companheiro de guerra, eu vou ficar com você eternamente, together, brother meu."

Essa vida é um buraco no coração e a ausência de um amigo do peito é cruel, é mais um erro de Deus.

Vou dormir e amanhã ainda não sei.

São Paulo, primeiro de abril de 2010.

Hoje eu corri 14 quilômetros no Ibirapuera e fiquei com o capote molhado de suor. Faço isso dia sim, dia não. O meu salão de ginástica ficou lá em Gotham, mas procuro manter a forma. Às vezes tenho sorte e improviso exercícios com os móveis velhos que encontro nos quartos das pensões. É tudo muito precário, se eu pensar que passei grande parte da minha vida treinando o corpo com disciplina. Condicionamento físico, artes marciais, até boxe eu já pratiquei com certo descaso. Mas o que me preocupa mesmo é o estado dos dentes que está cada vez pior. Devo ruminar dormindo e os pesadelos já destruíram quase toda a minha arcada inferior. Ainda bem que nunca encontro motivo para sorrir, a não ser quando solitariamente me lembro daquela piada mortal do Coringa. Quase entro em convulsão. Não sei como ele consegue conservar o bom humor a ponto de me passar a mão na bunda nos momentos de maior tensão entre nós. Não me agrada totalmente eliminá-lo. Já tive tantas oportunidades e, por alguma razão inexplicável, não consegui. Por vezes vislumbro no meu imaginário nós dois dançando com o demônio sob a luz do luar. A natureza humana é paradoxal mesmo, eu sou o Batman, ele o Coringa, nem me permito supor que sejamos os contrários de duas partes iguais. Isso jamais. Está aí mais um enigma para a medicina, a ciência ou até a metafísica decifrar, mas exterminar este "palhaço" (com aspas mesmo) como quem corta todo o mal do universo pela raiz é o que devo fazer. Talvez aqui mesmo no Brasil. Afinal tudo acontece nesse país. Até um amigo eu arranjei nesse mundo tão presente e ausente também. Pena que às vezes ele seja tão óbvio e tão ingênuo na vida prática. Este meu fiel escudeiro, no mais fundo dele, tem medo de ousar. Ou não, não sei. Mas é imaginoso e não foi uma vez que vi bem dentro dos seus olhos que a imaginação do Hermann era maior que ele. Como eu... Pensando bem, como toda a juventude brasileira. Pena que ele seja tão pálido e não use as roupas coloridas do Robin que deixaram alguma cor dentro de mim.

Se eu não tivesse gastrite, tomava um porre de cuba-libre essa noite e mandava tudo para o inferno cavalgando dentro da Peggy Lee.

S.P., 07 de abril

Dia nublado mais uma vez. Nuvens dentro e fora do meu ser. Vou me encontrar com o Hermann, o meu fiel motoqueiro. Sinto um cansaço na alma e o céu da boca está cheio de afta. É tudo.

10/04/2010, amanhece...

Este meu diário se tornou para mim o meu esconderijo mais íntimo, meu sacrário, a minha caverna interior. Preciso dele, é meu norte. Mas hoje não quero escrever nenhum acontecimento de ontem - as palavras nem sempre contam a favor.

Acontece que as formas, o movimento das mãos, os olhos da mulher de branco voltaram e ficaram mais expressivos na tela. Expressivos não, reais, e não devo confessar mais nada. É arriscado tocar com palavras o que é imagem e cor. Pincel da alma, luz.

Não é uma tela, é uma mulher.

Com ela eu choro, rio, converso, vou...

Se eu pudesse ficar com essa mulher na tela, se eu pudesse seguir com ela o trajeto de um ônibus sem destino, se eu pudesse...

Mas não, definitivamente, não. Vou pintar no seu ombro alguma coisa alada, talvez uma asa e ela será azul.

I like my life because my life is blue.

São Paulo, 11 de abril de 2010.

Passei um longo tempo olhando a mulher de branco dentro da tela e ela me olhava também. Parte de mim é ela, parte dela sou eu. Somos os dois na tela absolutamente reais.

Pena que Gotham City esteve tão agitada hoje aqui na Consolação. A violência não tem geografia e é tão real também.

Consolação, 12/04/2010

"Um sonho que se sonha sozinho é somente sonho, mas um sonho que se sonha com o outro é realidade." Gosto dessa frase e ela se torna minha porque é uma verdade até mesmo para os heróis das histórias em quadrinhos.

Estou só, nenhum sinal de Robin e meu sonho não vai além da janela do meu quarto de onde continuo a clamar por aventura. Hoje, no limite entre a vida e a morte.

Alerta: sou um ladrão de palavras e não sou, porque tudo o que me pertence é do outro, até meus sonhos, e tudo o que pertence ao outro é meu, até os sonhos que ainda não são de ninguém.

14 de abril de 2010 - sensação de risco, perigo na tela

Como é difícil arriscar o próximo traço, mais um detalhe ainda que sutil, um levíssimo toque de pena, apenas um sopro de cor no rosto da mulher de branco. Com um breve lance de tinta a mais, posso perdê-la para sempre na tela e a tela é a sua moradia ideal.

Estou há horas com o pincel suspenso no ar.

Viver é perigoso, pintar uma mulher de branco é um perigo maior.

Universo, 16 de abril de 2010, meu dia eterno.

Felicidade é pouco, o que sinto não tem nome.

Trabalhei o dia todo, a noite toda e entrei pela madrugada pincelando quase sem tocar a tela, e a mulher de branco só não atingiu a perfeição porque seria desumano demais. Ela é uma simples mulher que conduz um ônibus e o seu itinerário tão prosaico faz dela uma deusa guiando os mortais. Ela é mais que nunca real. Os lábios se entreabrem, os seios arfam, o ventre convida para uma aventura que aponta e inventa outros trajetos sem nunca mudar a rota até o ponto final. É magia sim, é sonho, é uma história real.

Apenas não entendi a pequena mancha que apareceu no seu colo alvo e oferecido com um tom bem mais azulado do que o fundo da tela. Ela não cobriu a mancha e pareceu conduzir o ônibus agora com destino: voar...

17 de abril de 2010

Acordei entusiasmado, pleno de Deus, sentindo um estado de graça por me sentir humano demais.

A Consolação quase não existia para mim, seus moradores não tiveram um momento da minha atenção.

A morte da Abigail não ocupou minha cabeça, a síndica atravessou a rua e eu não vi nela a menor existência interior, o André passou por mim e não me pareceu vivo também. Talvez eu estivesse invisível para as pessoas e o mundo igualmente invisível para mim porque eu vivia o sentido da felicidade e não pensava na felicidade, apenas era feliz.

Carregava a tela da mulher de branco e seu destino era a mulher de branco na expectativa de provocar um encontro entre um quadro e um ônibus como se um fosse o espelho do outro e nada mais.

Queria que ela se visse com os meus olhos e no movimento das minhas mãos.

Entrei no coletivo com dificuldade e logo percebi que um encontro dessa natureza nem sempre pode acontecer. A mulher de branco não era mais a mulher da tela - havia manchas de graxa na barra do vestido, marcas de um escuro arroxeado no braço direito que sugeria a possível tonalidade da dor, uma estranha cicatriz parecendo muito antiga no lábio inferior.

Sem dizer uma palavra, perguntei de dentro do silêncio:

"O que houve?"

E ela silenciosamente respondeu:

"Nada aconteceu."

Desci logo no próximo ponto, retirei o pano felpudo que cobria a tela, olhei longamente o rosto da mulher e vi que a fisionomia e todo o seu corpo não tinham nenhuma mancha, nenhuma mácula, o menor sinal. A imagem continuava viva e humanamente real. Como não tenho o menor senso de originalidade, gritei:

"Parla!"

Dormi a tarde toda e à noite voltei a ser O Cavaleiro das Trevas outra vez.

18/04/2010

Não sei o que pensar, nem o meu imaginário dá conta.

Apareceram mais manchas no rosto, no corpo e no vestido da mulher de branco - ela emagrece, está cada dia mais pálida, definha diariamente como se fosse um anjo enfermo no controle de uma nave espacial.

Continua versátil e mais veloz no trânsito, mas parece evitar os olhos dos outros, principalmente os meus, para não se ver.

No trajeto de hoje surgiu - e eu tenho a certeza - uma outra mancha mais escura no vestido, bem na altura do seio esquerdo como uma pequena chaga que punge por dentro da roupa e precisa sair.

Melhor dar tempo ao tempo e deixar que o tempo cumpra o seu destino. Igual ao destino de uma mulher de branco pintada numa tela que agora parece estar se perguntando qual é o seu rosto mais real.

19/04/2010, segunda-feira, ou 20/04/2010, portanto terça-feira.

Estou escrevendo esta página hoje, com data de ontem. Talvez nem devesse indicar um dia porque a minha descoberta não é histórica, é existencial. Poderia até chamá-la de metafísica, mas resisto a interpretações de natureza oculta. Não quero perdoar a humanidade por seus atos, muito menos a mim, pensando em coisas do além. Acontece que passei um tempo juntando os fatos e ontem descobri.

Todos temos um pouco de detetive e assassino. De certa forma investigamos um crime buscando absolvição. Digo isso porque sei exatamente quem foi o assassino de Abigail e o fato de conhecer intimamente o culpado não absolve os outros envolvidos. É como se um tomasse a dianteira realizando o desejo do outro. Todos odeiam pessoas como ela e eu também tinha meus motivos. Abigail cultivava e deixava minar de dentro dela aquele dom de deixar todo mundo inquieto. Mais que isso. Abigail era a própria inquietação e isso ninguém suporta. Nem eu. Já estou cansado de ver o meu futuro definido por mãos alheias e Abigail não tinha o direito de guardar histórias antigas que eu busco apagar. Longe de mim querer justificar o incidente que resultou na sua morte com os meus problemas pessoais. Apenas procuro ver com imparcialidade que todos são assassinos, até mesmo ela que não deixa de ser a vítima e o seu próprio algoz. É estranho que naquela noite a porta estivesse destravada, as janelas abertas, ela na luneta insistindo para morrer. Foi tão rápido, não pude evitar. Depois ela não devia ter me humilhado, muito menos rir quando me tirou a máscara, quase rasgando o capuz. Não pense que é fácil agredir uma mulher como única saída para se salvar a própria vida. Pior é que no fim ainda sobreviveram alguns gibis entre seus objetos pessoais.

Pobres coitados, todos nós. A síndica, a cantora de ópera, o halterofilista, o detetive, a professora. Nunca acreditei neles e muito menos no velho Horácio, que mal conseguiu plagiar um poema querendo fazer mistério com as minhas iniciais. E a professora ainda insiste na autoria.

Ossos do ofício ou sacrifício por amor? Pobres coitados, inúteis até para matar.

Acho bom esquecer todos eles essa noite - são óbvios demais. Ontem já passou. Amanhã será quarta-feira e Guta Simpson cantando Besame Mucho na voz de um homem assustado, uma mulher sedutora ou uma criança feroz, parece a minha única saída. Para a Raposo Tavares então.

São Paulo, 21/04/2010, 23 horas e 43 minutos...

A boate onde se apresenta Guta Simpson é um pardieiro e eu tenho que atravessar a cidade para chegar lá. Mas vale a pena. As pessoas são tão estrambóticas que nem me percebem e ela, essa drag com a barba por fazer e cílios enormes, canta um desespero que me é muito familiar. É franzina e ao mesmo tempo musculosa, agressivamente terna, dona de uma boca que morde e quer beijar. Só canta três músicas e some. Hoje estava bêbada e a meia prateada com um pequeno rasgo deixava os pelos à mostra como se fosse o traço mais primitivo de uma mulher. Pela primeira vez fui atrás dela e toquei seu braço no corredor. O pânico tomou todo o rosto exageradamente maquiado quando ela me viu e eu pedi um momento para falar. Guta ficou trêmula, tentou responder alguma coisa e se atrapalhou com umas palavras vagas e confusas que ainda estão nos meus ouvidos: "Um detalhe só que eu já volto." Então ela pôs a mão na boca como se tivesse pronunciado uma blasfêmia, borrou o batom vermelho-sangue. Assim tão perto dela, o timbre da voz me pareceu muito conhecido e vulgar. Esperei um instante e ela não voltou. Resolvi colar nesse diário uma filipeta do show para cobrir mais esse vazio.

> **A BOITE BANANA ERÓTICA APRESENTA:**
>
> ## GUTA SIMPSON NO ESPETÁCULO
> ## DRAGS E DRAGÕES
>
> TODAS AS QUARTAS-FEIRAS, A ESTRELA DE MIL VOZES E ALGO A MAIS
>
> RAPOSO TAVARES - KM18

`São Paulo, 22/04/2010`

"É melhor ser odiado pelo que somos do que ser amado pelo que não somos", André Gide.

Hoje eu briguei violentamente com o rapaz, o Hermann. Detesto que se intrometam na minha vida. Por uma fração de segundo eu não atirei a luneta pela janela. Guta Simpson é mais que uma curiosidade, agora já sei quem ela é. "Só um detalhe", eis a chave de um segredo.

`S.P. 23/04`

Não quero escrever nada sobre hoje. Temo que as palavras apaguem o que aconteceu. O rosto da mulher de branco existe definitivamente numa tela. Definitivamente não, nada é eterno, porém há algo de absoluto ali. Pintei um pouco mais, somente um pouco, e um pouco era a medida exata. Ela está lá.

Já disseram que a beleza pode salvar o mundo. Acho que foi Dostoievsky. É possível. Diante da imagem dela, não desejo mais chegar a um além - eu estou nele. É como ouvir uma música que me chega de um céu que sempre morou em mim e eu posso tocar a beleza com a ponta dos dedos.

Silêncio, minhas mãos precisam de silêncio para não apagar a nudez dessa mulher.

Ela existe, ela existe na tela, agora sim ela é absolutamente real. E eu, mais que criatura, hoje me senti um criador.

Mas por que será que a arte luta sempre com a vida?

Tragicamente.

Quanto mais esta mulher se revela na tela provocando em mim uma certa plenitude inexplicável diante da possível perfeição, mais ela definha no enquadramento de um trajeto tão prosaico de um ônibus. Está mais pálida, emagreceu e perdeu um pouco ou muito das formas, os seios se recolheram, a abertura do vestido mostra uma pequena e acentuada mancha escura na perna direita. Apenas o olhar permanece mais vivo e brilhante como um pano de fundo implacável, até mesmo cruel.

Tentei acrescentar uma leve mancha na tela, o pincel recusou.

Ela mal me olha, mas sorri, o que é o modo mais horrível de me olhar. E de algum modo implora silenciosamente um gesto meu e eu não consigo decifrar.

Volto hoje para mim, a vida continua, a arte espera.

Vamos lá, Bruce Wayne, a caminho da Consolação. Batman não pode parar.

Consolação, 25 de abril de 2010.

Há muito tempo que eu não ficava sobre a laje desse prédio pensando longamente nas pessoas e em mim.

É meu duplo. Tudo o que sou é o que as pessoas imaginam. Sou apenas uma sequência de estampas onde alguém se reflete e faz com que eu me veja no seu olhar. Sou como um lago e um olho que se projetam simultaneamente, um herói espelhado nos olhos dos outros.

Como é vago e idiota tudo o que estou escrevendo, se eu me concentrar por um instante na minha dor de dente. Todos os ossos da minha cabeça doem. Vou colocar Merthiolate dentro do buraco para ver se me entendo melhor. Pena que eu não tenha um analgésico que vale mais do que todas as tentativas de autoconhecimento. A vida é mais do que tentar transformar merda em ouro. É o que tenho tentado fazer de mim.

Agora, por exemplo, estou no alto de tantas vidas que exalam um odor de medo e violência. Todas tão solitárias, suspeitas, quase sem força para a vida e vivendo. Muitas inúteis porque vivem exiladas da própria condição de viver.

Aquela cor amarela que tomou conta do morador do apartamento 22 está subindo pelas paredes e eu temo que isso se torne uma epidemia. Ele vive em silêncio e se esconde debaixo da cama quando ameaça chover. A garota, que não passa um dia sem chorar olhando a minha fotografia, está mais ausente, vive mais dentro dela. Às vezes eu tenho a impressão de que ela não toca o chão quando caminha. Fico sensibilizado com a sua atitude. Sinto até um certo orgulho de mexer com os seus sentimentos, mas o meu repúdio por esses olhos cheios de esperança é maior. É meiga só na aparência. Lembro que um dia Abigail leu a sua mão e ela chegou a esbofetear a invasora. Já tentou quebrar a luneta, não conseguiu.

A mulher de branco está mais presente em mim. Todo dia ainda encontro motivo para aproximar o pincel, acrescentar um toque quase invisível. Ela respira na tela, mas não é a mesma na vida.

As manchas aumentam mais e mais, e o penteado continua impecável, ajustado à cabeça como fios de luz, a maquiagem leve e agora quase incolor, os pequenos e breves adereços que parecem existir para enfeitar o que é dor.

Estou preocupado e não ouso perguntar, nem mesmo dentro do silêncio. Fico pensando horas e horas sem tirar os olhos da pintura. Ela insiste em me amar na tela como uma princesa aprisionada no seu castelo ideal.

Por isso não tenho saído toda noite que é meu lugar de fato, minha casa interior. Não sei, mas parece que a mulher de branco me implora na tela também.

25/04/2010

Voltei à mulher de branco. Agora aparece uma mancha no alto da testa, um dedo abaixo dos cabelos presos por uma tiara cor de marfim. É mais que uma mancha, é mais uma outra pequena cicatriz.

Eu me pergunto o que é mais real: a mulher de branco na tela ou no trajeto de um ônibus sem destino? Ou precisamente agora com destino? Uma delas parece estar se despedindo. E ela nunca me confessou a origem das manchas, nem no olhar. Essa mulher de branco mal me cumprimenta, apenas esboça uma saudação de costume quase como um sussurro e este gesto é a sua forma mais grave de me implorar. Ela me olha com um afeto sem fim e há neste abraço tão amoroso e imóvel um adeus. Tudo começou com a pintura, a minha primeira e única verdadeira criação. O que fiz, my god, e o que posso fazer?

Ainda sou aquele Bruce de 9 anos e, como um oráculo, as pessoas que mais amo continuam indo embora de mim.

30/04/2010

Faz três dias que tudo aconteceu... e senti o tempo todo, como um acordo silencioso de dois amantes num trajeto amoroso, que este era o gesto que a minha terna e eterna mulher de branco esperava de mim.

Primeiro fui ampliando o azul da tela e vagarosamente dando mais espaço para o azul, até que os traços mais expressivos, as nuances mais sutis, a silhueta toda se tornaram uma mancha completamente azul. Depois, com movimentos mais decididos, cobri a imagem de branco como um lençol que protege um corpo sem vida. Por fim, pintei toda a superfície até mesmo porosa da minha mulher de branco com um pincel felpudo e largo e então uma cortina da tonalidade mais negra encerrou o quadro na mais densa escuridão. Pensei em cortar, abrir e até mesmo destruir a tela com um estilete afiadíssimo. Cheguei a ferir com um corte decidido e vertical a parte superior da moldura, mas não foi preciso rasgar mais. A mulher de branco já havia partido por trás do quadro e não existia mais o menor vestígio dela no meu paraíso de cor.

No dia seguinte, ela conduzia o ônibus sem a menor mácula, com o mesmo vestido alvíssimo agora com um decote no ombro onde havia tatuado um pequeno e vivo morcego azul que me pareceu, na hora, uma livre e decidida promessa de voo.

01/05/2010

Nunca mais fui assistir Guta Simpson na boate, mas posso ver o seu outro lado na portaria do prédio. É tão estranho, é tão real. A síndica também é muito estranha. Sexta-feira ela saiu do elevador e parou em frente do seu apartamento. Ficou espreitando como um animal raivoso que se encolhe para atacar. O marido dela devia estar ouvindo uma fita onde ele e ela trocavam juras de amor. Ou não? A gravação deve ser muito antiga porque hoje eles se odeiam. Há um segredo entre os dois e é isso que justifica a existência do casal. Talvez ele ainda precise viver de lembranças como eu. Lamento que não tenha tido esse prazer por muito tempo. Ela abriu a porta, atirou as chaves na mesa e gritou com aquela voz arranhando as palavras: "Desliga essa coisa."

A síndica me lembra esses vilões das histórias em quadrinhos. Sem eles não há história, porém é preciso exterminá-los. Pensei no Robin agora e a dor de dente quase sumiu. Se ele tiver que voltar, que não me venha com essas debilidades do cinema. Tem que ser o primeiro Robin do gibi.

02/05/2010

To be or not to be, that is the question. Talvez não ser uma coisa nem outra, ficar sempre no meio termo, talvez permanecer neste eterno lugar intermediário seja a minha verdadeira natureza. Qualquer coisa como ser não sendo e sendo não ser. Só tentando. Credo, como eu ando confuso! Ultimamente não sei se peço um suco de laranja ou uma vodca dupla com gin. Penso na mulher de branco, tento terminar a leitura de D. Quixote em espanhol e acabo passando as tardes com pilhas e pilhas de gibis. Dei de me masturbar imaginando mulheres indesejáveis. Ontem pensei na Abigail, na Peggy Lee e até mesmo na cantora. Só não pensei na professora por piedade. Fico deprimido com a figura dela à noite, completamente nua olhando uma fotografia do halterofilista. Qualquer uma delas seria capaz de matar a outra. A professora se sente indesejável. A síndica acredita que todos já descobriram seu segredo e não para de trocar de roupa para chamar atenção do marido. A Peggy Lee sabe muito bem que nunca conseguirá ser notícia nacional como a Abigail. Esta precisou apenas de uma luneta e uma janela.

A lembrança do Robin às vezes me excita também, mas é apenas libido de pai para filho. Vazio, solidão, saudade das coisas que não vivi com ele. To be or not to be? Os sete idiomas que domino de nada me servem para solucionar essa questão. Minha única certeza é que estou sentado na privada e isso é tudo o que sou nesse momento.

São Paulo, 3/5/2010

Estou triste, estou completamente solitário, estou só.

E hoje, que dia é hoje? É segunda-feira, um

dia como outro que nunca atende as promessas de felicidade do dia anterior.

É segunda-feira e não há nenhum azul.

Que dia mais sem sol, nublado como minha alma, sinto nuvens dentro de mim. E eu nesse cubículo da praça Júlio Mesquita. Quer dizer, tenho a impressão de que o dia nasceu de uma penumbra, pode ser uma confusão de sentidos. Estou deprimido e na depressão tudo se torna obscuro. Fechei a porta ontem e só vou abri-la amanhã, ou depois de amanhã. Ando apático, não tenho marcado ponto no relógio da noite. Ouço tiros na madrugada, gritos de mulheres espancadas, a sirene dos carros de polícia que brecam nas esquinas e dão marcha à ré. Não me levanto e bastaria uma sopa de aveia do Alfred para me pôr em forma. Sinto o corpo rasgado, brechas nas costas, a ponta do nariz esfarelando como uma massa de papel machê. Tentei acertar a boca com tinta nanquim e ela continuou torta. Também nunca fui tão trêmulo, a humanidade me apavora. Todos exigem que eu abandone a cidade. Travam as janelas, colocam armadilhas, incitam a polícia e a opinião pública. Mal sabem eles que a luz da minha capa é a única claridade nas trevas de cada um.

Não estou sonhando dentro do sonho, meu sonho se tornou tão real. Talvez eu tenha um pouco do Dom Quixote de Cervantes com aquela sua Triste Figura, mas sou mais triste que ele, meu sonho ou pesadelo é bem maior. Eu sou o Cavaleiro da Figura mais Triste desse mundo, o próprio Cidadão Tristeza como as pessoas me chamam e todas elas ainda vão chorar muito por mim. Ora se não vão! É só eu tomar fôlego e endurecer os músculos com um pouco mais de rancor. "No amor e na guerra tudo é justo". Esse pensamento me serve e parece um provérbio chinês. Ou é inglês? Melhor esse outro: "Ou vai ou racha!"

Dia 5 de maio

Hoje eu peguei o mesmo ônibus para Jaçanã, no mesmo ponto, no mesmo horário. Ela não estava lá e eu nem tive cabeça para perguntar ao motorista pela mulher vestida de branco. Mas tenho a impressão de que vi seu rosto do outro lado, na rua da Consolação, quando o ônibus partiu. Seus olhos tinham um brilho e um silêncio que faziam eco de mim para ela, dela para mim, e me diziam: "Amorosamente para sempre."

Guardei o seu olhar e desci bem antes do final da linha para escrever o que fui sentindo na parte - me pareceu - mais intocada do meu coração. A minha mão correu quase independente de mim pelo papel e as palavras vieram assim:

LEMBRA

A vida que tenho é tudo o que tenho
E a vida que tenho
O amor que tenho
É teu, teu, somente teu.

Um dia morrerei
E será o descanso eterno
Mas a morte será mera pausa
Pois os dias em que passarei
Dormindo
Sob a relva verde
Serão teus, teus, somente teus.

Talvez estas palavras não sejam minhas - a gente não sabe de onde elas vêm quando se escreve movido por forte emoção. Que importa - na arte, tudo que é meu pertence ao outro e tudo o que é do outro pertence a mim. Insisto e assino embaixo com B.

N.B. - Se este poema não tiver poesia, é porque há uma mentira dentro dele: eu nunca vou morrer. Eu sou uma prova da imortalidade e não há nenhuma vantagem nisso. Ao menos para mim. É um terror sentir a morte no corpo sabendo que a morte nunca virá. Feliz daquele que morre todos os dias um pouco e encontra um absoluto no simples fato de viver. Como tomar uma xícara de chá, ler um livro encontrado por acaso numa biblioteca antiga e escrito especialmente para ele, encontrar um amor predestinado, talvez uma mulher de branco num coletivo qualquer. Não sinto os braços hoje, uma parte do meu rosto parece rasgada, estou com umas manchas de tinta nanquim na altura do coração e ainda carrego o destino de um herói de histórias em quadrinhos nascido para nunca morrer.

São tão humanas estas sensações, ainda mais numa quarta-feira mais nublada ainda e que se tornou hoje a minha paisagem mais interior.

S.P./Maio/2010

É maio, mês do meu aniversário e eu só tenho raiva. E medo, é claro. Medo dos outros, medo de mim, medo do que existe, medo do que nunca aconteceu e nem vai acontecer, e até um certo medo da mulher de branco que partiu para nunca mais. Sinto saudade das coisas que não vivi com ela e esta saudade fica maior porque é apenas saudade do que se imagina, saudade de alguém que nunca se sabe se vai voltar ou não.

Estou cada vez mais silencioso, o Verbo nunca foi meu forte e às vezes é difícil dizer até shut up. Voltei a ser notívago, noturno, penumbroso. Quase não durmo, mal me alimento pelas manhãs, não suporto conversar nem com o Hermann. Vou desaparecer, sumir por um bom tempo. Quem sabe tratar dos dentes, comprar um jeans e voltar sem máscara.

Se eu pudesse tirar essa resina, o medo, o rancor que permanece dentro de mim. Talvez não, é o que me resta.

Ando tomando magnésia bisurada, não passo uma semana sem um resfriado e transpiro demais. Por isso estou sempre com a roupa suja e manchada. Permaneço sentado horas e depois não consigo me levantar porque minha coluna dobra e as costas ficam amassadas como uma folha de jornal.

Parto qualquer dia desses, está decidido. Depois, nada mais terrível do que seguir um roteiro, não acredito mais em destino. Já fui ativista, populista, fascista, psicodélico, kitsch, macho, fresco e tudo o mais que exigiram de mim. Cheguei até a enfrentar cowboys do velho oeste e lutar contra seres alienígenas do espaço sideral. Arretez, monsieur Hasard. Hoje sou apenas eu um pouco mais dentro do meu rancor. Um rancor que me faz arrebentar as bancas de jornais, odiar todos os editores e rasgar o passado destruindo páginas e páginas de gibis.

Quero Robin novamente comigo, isso é um ponto de honra para mim. Nem sei se a presença dele fará muita diferença depois de tanto tempo, mas não é justo isso. Ficar preso nos retângulos de uma página que um cartunista qualquer desenhou definitivamente para nós. Sinto falta dele, sinto mesmo, ele faz parte de mim. Nenhum de nós foi consultado e não é da nossa natureza morrer para sempre como alguém que despenca do 13º andar.

Só, implacavelmente só. Não e não!

Tenho talvez bilhões de admiradores espalhados pelo mundo e nenhum deles sabe como estou só. Pior é essa dor de dente agora sem uma gota de Novalgina. Se ao menos eu pudesse ouvir uma canção do Roberto Carlos como aquele travesti que acabou me dando um cd desse cantor que é uma febre nacional. Lady Laura me parece, aquele sujeito anônimo que fazia do seu pseudônimo a sua identidade maior. Eu nem isso tenho porque perdi o sentido de pertencer a alguém ou a uma causa, de ser um voo dentro de um sonho, mesmo que o sonho seja apenas a vontade ou o impulso de voar para um norte que ainda não existe. Hoje estou só como nunca estive antes e vou me dar o direito de viver esta mais profunda solidão.

06/05/2010

Você meu amigo de fé, meu irmão, camarada. Where are you, Robin?

Não gosto muito desse tal de Roberto Carlos, não sei por que dei de ficar assim de repente batendo num verso qualquer dele. Prefiro muito mais o Freddie Mercury que cantava com tudo we will rock you... que é o que eu preciso fazer...

`07/05/2010`

Guta Simpson ou Peggy Lee? São estilos diferentes e por um tempo tive as minhas dúvidas. Agora basta, é preciso fazê-la parar.

`S.P. 08/05`

É difícil de entender. Todos me odeiam e usam a minha pessoa. A Abigail me chantageava com os gibis para me ter por perto. O seu Horácio escreve um poema anônimo e coloca as minhas iniciais. Atitude de velho indecente que procura se excitar passando-se por outro. A cantora de ópera é complacente comigo porque todo o seu ódio foi para a Abi Ultimamente anda fixando os olhos no marido e ele se assust
na dos carros. Seu Horácio acha que eles tramaram o ass
il, mas a deficiência deles impediu a execução d
que é contingência da vida, opção de quem
a Peggy Lee nunca me abriu a janela
la história só para chamar aten
sassino de Abigail foi just
terofilista nunca pode
Só quero que tod
estive lá e
parece
na

Não encontrei o pedaço dessa página e de uma outra do final. O Batman deve ter rasgado antes porque eu peguei todas do lixo. Parece que ele arrancou outras. Achei melhor mandar junto.

`09/05/2010`

Como pode viver um herói sem a sua capa e um fiel companheiro que tenha a ingenuidade de um garoto prodígio? Estou olhando as minhas roupas secando na área de serviço sem o menor sinal do Robin e me pergunto de onde vim, para onde vou. Todos se perguntam. Dizem que meu criador foi Bob Kane. Mas, se ele me traçou e moldou meu corpo, foi Bill Finger quem pôs palavras em mim e ninguém lembra a parceria. Existem pessoas que nascem predestinadas ao esquecimento e hoje eu queria tanto este anonimato para mim.

    Vou permanecer no meu quarto esta noite, é um direito que eu tenho, é uma questão de autoria. Minha, só minha.

`Consolação, maio, sexta-feira/14,`
`13 seria perfeito.`

Definitivamente os gatos têm parte com o demônio e eu odeio toda a gataria que surgiu na face do planeta antes dos homens. Essa noite a Xaxá gritou como uma criança enjaulada e eu quase enlouqueci. Cheguei a morder as carnes da boca até sangrar. Ela arqueava o dorso, erguia as orelhas, pulava na janela com a íris tão aberta que cobria o azul do olho esquerdo. Esfregava o bigode nas patas, lambia o tapete dilatando as narinas, virava a cabeça para o prédio da frente em quase 180 graus. Sorvia a noite, cheirava com os dentes e as garras à mostra apontavam um objeto invisível, no ar. O pelo ficou ouriçado, as patas, o rabo e a máscara perderam completamente o marrom. De repente o seu Horácio largou o livro, tirou as luvas e abriu o armário. Trouxe um frasco de perfume que ela aspirou com voracidade e dormiu. Ele afagou a gata, pôs o vidro no bolso e também foi dormir. Por algum tempo eu permaneci na escada sentindo um aroma de jasmim atenuado pela fragrância suave das folhas de hortelã. Meu nariz é tão sensível quanto o olfato de uma gata siamesa. Nisso nós somos iguais. Aí está uma boa pista para o detetive, se ele não se achasse envolvido até o pescoço com a história do crime. Não desvendei ainda por que ele pressiona a Peggy Lee. E não deve ser só por sexo.

Eu que sou o maior suspeito do assassinato sei que ele também desejava a morte de Abigail. Havia cinza de cachimbo no espaldar da janela, mas a brisa é mestra na arte de apagar vestígios quando a lua incita a agonia dos animais. Todos têm o medo e a violência dos gatos, todos marcam os limites do seu território com a urina fétida dos felinos. Só que ela evapora como tudo.

O que me irrita nos gatos é a fera aparentemente domesticada, uma beleza distraída que está sempre pronta para atacar. Tenho sentido que o meu ódio pelos gatos aumenta. É um medo estranho porque apavora e excita, às vezes provoca um arrepio na alma. Como o grito da gata do Horácio que ainda faz eco dentro de mim.

15/05/2010

Lembrei hoje que meu verdadeiro nome é Bruce Wayne... Acordei cedo e, como o voo dos morcegos que agem por instinto, caminhei rápido para um ponto de ônibus da Consolação. Esperei sem saber aquela mensagem que só pode ter sido enviada para mim por um céu pintado numa tela, mas céu mesmo. O ônibus para o Jaçanã logo chegou e trazia no lado direito uma faixa com umas poucas palavras que resolvi transcrever nesse diário para preencher mais um vazio e guardar para sempre a voz da mulher de branco que eu cheguei a ouvir:

Caro Bruce Wayne,
decidi voar mais alto. Agora sou piloto de aviões. Sou grata pelo voo eterno que você me devolveu. Eternamente eu...

21/05/2010

Passei esses dias todos pensando nas pessoas e nos gatos. Ontem fui até o apartamento do Hermann para olhar a Xaxá através da luneta. Ela está com os olhos dilatados, a boca aberta e a gengiva muito amarela. Não é anemia nem hepatite de gatos. É o medo do André, da cor dele que já subiu pelas paredes até o 11º andar. Todos disfarçam. Hoje ele abriu a janela e permaneceu imóvel como um pôster pregado na sacada. Uma criança que passava na rua apontou o olhar assustado do André dentro do seu rosto todo amarelo. Foi por um instante. A mãe puxou o filho pelos cabelos com uma mão e tapou os olhos dela com a outra.

A cidade está tão parada neste sábado. No Bar Bartô um grupo de amigos ficou com os copos erguidos por quinze minutos. Depois demoraram bastante para saber o que eles faziam ali e quem eram. Às vezes São Paulo fica congelado como os quadrinhos de um gibi e ninguém percebe. As pessoas permanecem literalmente estáticas. Erguem uma perna e não conseguem colocar o pé no chão por um longo tempo. Nessas horas um bando de morcegos voa por cima dos prédios de olhos fechados, parecendo uma mancha negra saindo da página. Temos pouco tempo, Robin.

Achei maluco que ele só assinou essa folha e no final a porra desse diário parece mais outra viadagem do Batman naquelas de fazer mistério. Está na cara que ele escreveu isso aí embaixo sabendo que a gente ia ler e rasgou. Agora vê se você entra em ação e aparece, ô brother.

não sei
sempre o mesmo sonho. *Je ne veux jamais me*
na mesma noite da morte da Abigail. Eu estava
e pude ver que em todos aqueles rostos havia uma
fisionomia de crime. Não sei se foi a ausência do
Robin, a solidão dessa cidade, o meu rancor que
cresceu muito antes da meia-noite. Apenas sei que
cada fibra do meu ser gritava e continua gritando
por justiça. Nem entendo por que depois de tanto
tempo resolvi escrever nesse diário um acontecimento tão terrível e ao mesmo tempo tão difícil
de evitar. Em todo caso, hoje é o último dia de
um mês qualquer e o que está feito, está feito.

Confie em mim, Robin, de onde você estiver.
O enigma dessa história toda está diante de nós.

B. W.

Nasce um outro dia na Consolação. Alguns moradores olham das janelas nuvens escuras que parecem bandos de morcegos. A moça da fotografia passa as tardes comendo flores secas e talos com espinhos do pequeno jardim na entrada do Edifício. Chegam pessoas de diversos lugares para fazer orações, principalmente a partir do meio-dia quando ela começa a levitar. Todos estão tristes e sem assunto enquanto Batman não vem.

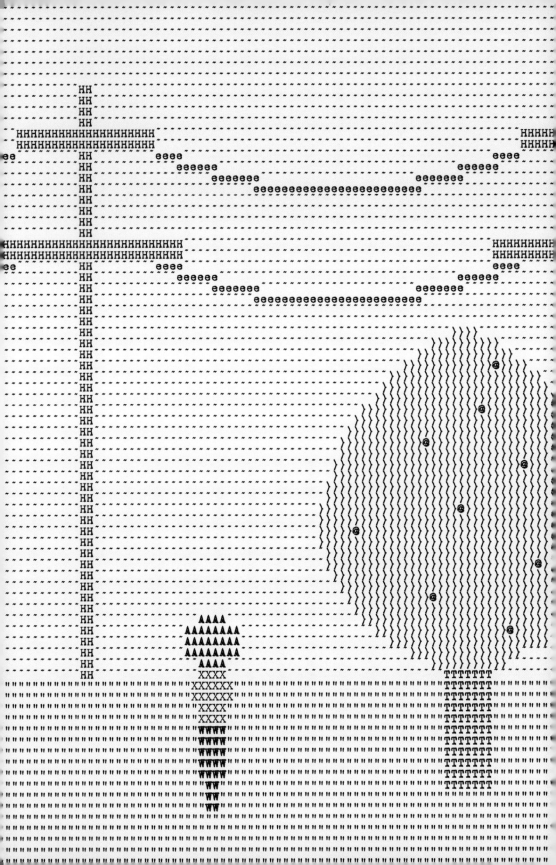

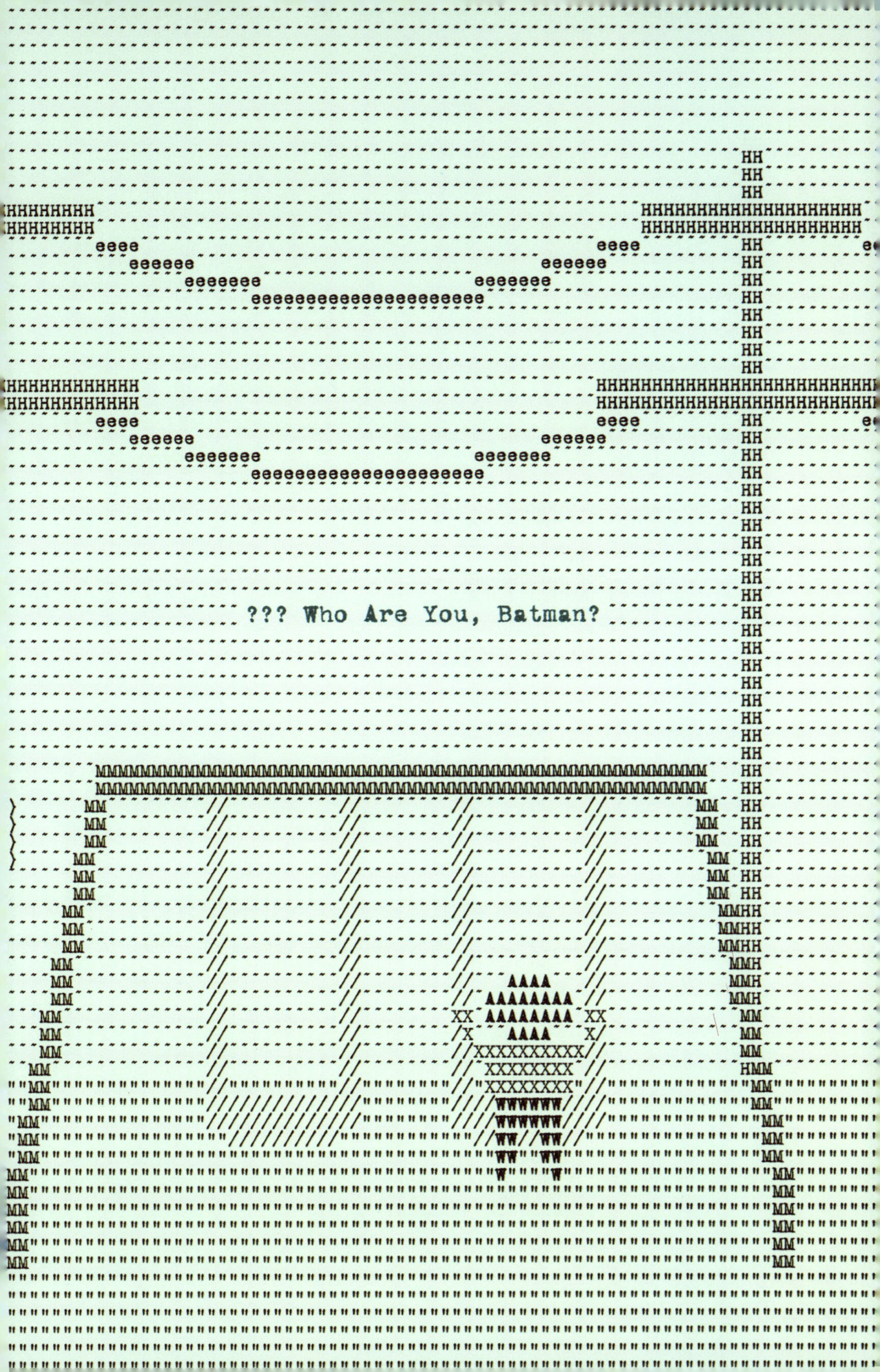
??? Who Are You, Batman?

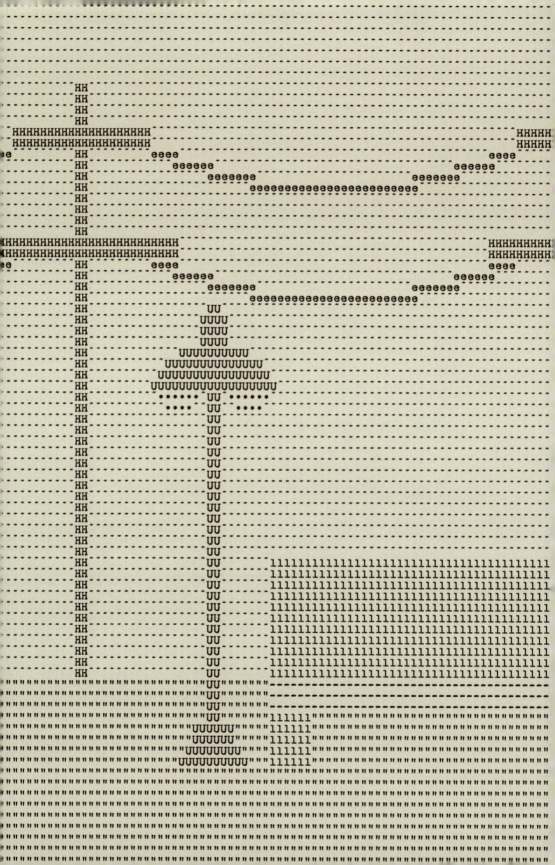

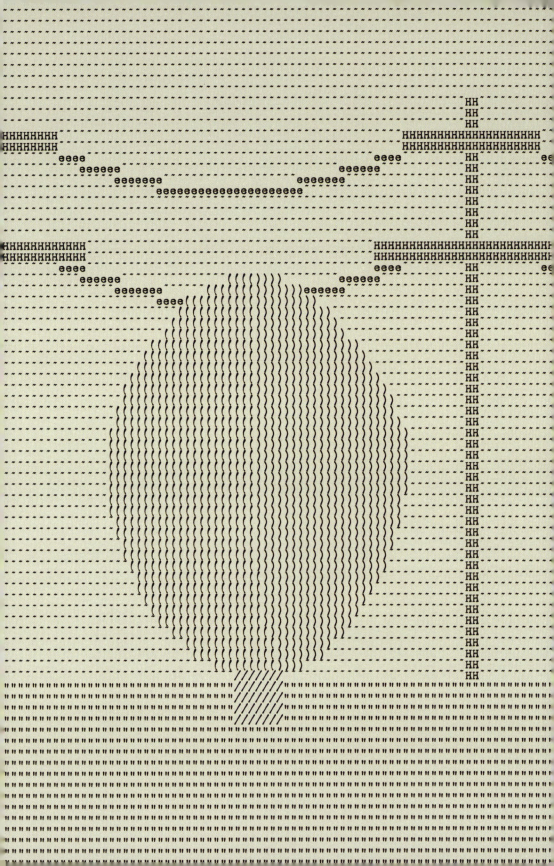

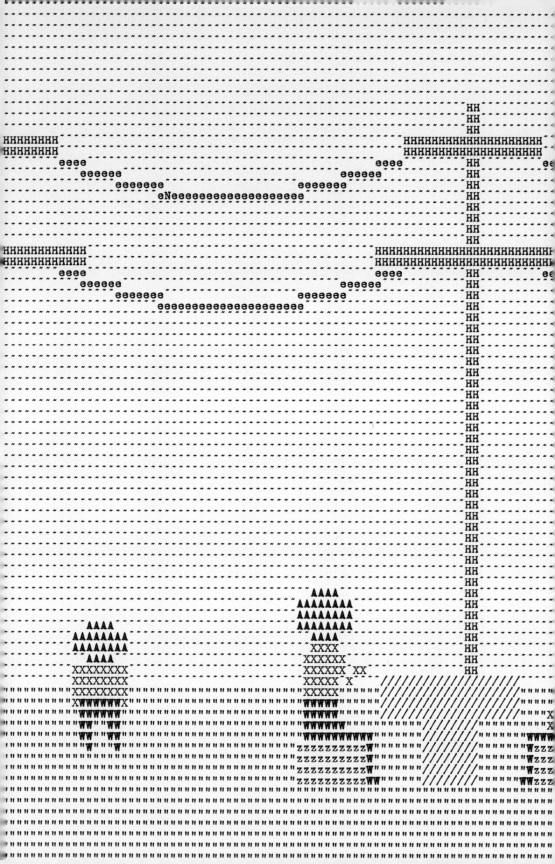

Você ligou para 231-01SEEETTTIIIWWWUUUMHOP, residência da Sônia. Infelizmente não posso atender no momento. Aguarde o sinal e deixe seu nome, telefone, dia e hora da ligação que eu retorno assim que puder. Obrigada. PIIIHHHHHHH....................
Sônia, é o Frank. Eu preciso falar com você urgente. Eu ligo, ligo, e você nunca tá. Já deixei um monte de recado nessa secretária e você não telefona. O zelador me disse que você não está viajando. Por favor, me liga já... Ahhh, hoje é quinta-feira, oito de julho, quinze horas... eihhh... cinco minutos. Te aguardo.

Sônia,

Vou descer aí e acho que não vou te encontrar outra vez. Preciso demais desabafar e acho melhor levar esse bilhete escrito. É bobagem mas estou preocupado. Não sei há quanto tempo falta uma lasca de dente na minha boca. Igual àquele lance que aconteceu com a Abigail e a amiga dela. Procurei nas paredes do meu ap. para ver se tinha alguma coisa enterrada e não encontrei nada. Fiquei mais calmo, mas isso não explica tudo. Você não acha? Tenho sentido uma fisgada no canal do dente quebrado e na hora da dor ouço a risada da Abigail tirando um sarro do meu corpo. Outro dia eu notei que o rapaz que mora no apartamento dela também tem uma falha na boca. Queria muito ir até lá para dar uma olhada nas paredes. Não sei se ele vai me receber porque esse garoto parece que ficou meio doido depois do desaparecimento do mascarado. Mas preciso resolver isso e logo. Você sabe que eu tive contato com ela e gelo só de pensar que a coisa pode ter sido mais íntima. Nunca fiquei muito convencido com a explicação do detetive naquela carta que ele escreveu faz tempo. Li novamente e acho que essa lasca na minha boca é muita coincidência. Não é bem na frente mas eu preciso saber desde quando me falta esse pedaço de dente. Você lembra? Leia, rasgue e não suba. Telefone, depois eu te explico.

SP. 8/7   B. William.

•••

Hermann diz: (l0:03:01 AM)
Dedé, sou eu, estou mal, vem me ver :(

Dedé diz: (10:03:11 AM)
Manzinho, pra mim n dá mais essa sua neura com o tal do Batman, cai na real, amor

Hermann diz (10:03:29 AM)
vc esta numa outra minha linda, num me entende mesmo

Dedé diz: (10:03:51)
entender o que, cara, que vc morcegou?

Hermann diz: (10:04:16 AM)
vc nunca olhou na cara dele nunca q vai saber

Dedé diz: (10:04:51 AM)
o que eu sei é q ainda to na tua meu herói sem essa de batconsolação

Hermann diz: (10:05:08 AM)
num dá :(

Dedé diz: (10:05:38 AM)
então escolhe ô robin, ou ele ou eu >=[

Hermann diz (10:05:57 AM)
num entra nessa de patrulha Dedé, eu adoro vc

Dedé diz (10:06:18 AM)
tira esse lunático da nossa cama, não é a minha transar com dois

Hermann diz: (10:06:40 AM)
estou indo praí agora

Dedé diz (10:06:53 AM)
nem vem tenho um encontro com o homem-aranha garoto, rsssss.

— Alô!

— Frank?

— Sônia, que bom que você ligou.

— Eu estou em cima da hora, Franklin.

— Mas você acabou de chegar, eu vi seu carro entrando.

— E tenho um encontro às oito horas, posso?

— Desculpa, é que eu tou muito ansioso...

— Relaxa, amigo, porque não tem mais motivo pra ansiedade.

— Como assim?

— Não era isso que você queria? Então, agora já tem gente comentando que o halterofilista é um dos suspeitos.

— Não brinca, euuu?!

— Você mesmo, sinto muito.

— Mas eu nem estive no prédio naquela noite. Eu não te contei mas agora eu já me lembro.

— Até pode ser, mas o mascarado foi visto na janela dela um pouco antes.

— E daí?

— Pois dizem que você é o Batman!

— SHÔ, SHÔ, SHÔÔÔWWW! Chispa vai...

— Você está louco, é? Olha aqui, ô Morcego de uma figa...

— É a gata do velho que pulou aqui dentro e eu tenho pânico desse bicho. Espera só um pouco. CROROCKTTTCHI. SHÔ, SHÔ, SHÔ, sai, chispa vamos. Solta isso, anda. SHÔ, SHÔ, SHÔÔÔWWW... BLUMMMIAUUUUU... RUÔÔÔFFF. Pronto, dei um pé nela. Essa putinha vive pegando as coisas daqui. Já me levou meia, uma caixa de incenso e acho que até a minha pulseira de pressão que tá sumida.

— Aqui também, mas o seu Horácio devolve tudo. O que interessa agora é essa sua história de Batman.

— Eu? O Batman! O Batman eu?! Quem disse isso?

— A síndica na portaria e mais gente. Pode esperar que logo vai estar nos ouvidos da polícia. Eles estão outra vez intimando as pessoas, ela falou.

— Que desgraçada essa vaca.

— Sabe que eu não achei tão estranha essa história. Faz algum sentido a sua imitação ridícula.

— Não acredito que é você que está me falando isso, Sônia!

— E por que não? É a mesma altura, o mesmo timbre de voz e essa obsessão neurótica pelos músculos. O resto fica por conta da noite e uma bela fantasia.

— O Batman, eu? Eu! Ai meu cacete, que loucura...

— Nada mal pra quem se projetava em tudo. Até o poema anônimo você achou que escreveu.

— Mas isso você sabe que não fui eu. Você mesma confessou!

— Eu menti.

— Mentiu como?

— As coisas foram acontecendo e eu não fiz mais do que concordar. Achei que seria bom livrar a sua cara. Não só por você, por mim também. Quem sabe você olhava um pouco mais pra mim.

— Aquela história era muito esquisita, eu sempre desconfiei.

— Você chegou bem perto, só não conseguiu me ver.

— Mas como eu podia saber?

— Parece mesmo que eu sou incapaz de provocar o menor impacto num homem.

— E aquele seu aluno? Você dizia que gostava dele.

— E gostei mesmo, mas era diferente.

— Eu tou muito confuso!

— E eu preciso desligar.

— Só um minuto.

— Franklin, não me leve a mal, mas é melhor a gente parar por aqui. Eu estou tentando me descobrir com uma outra pessoa, você entende, não é? E agora, com essa confusão toda, vai ser difícil continuar como antes.

— Mas eu não sou o mascarado, você mesma viu naquela noite. Lembra da luz, a sombra dele na janela? Você até desmaiou no telefone!

— Eu não sei de mais nada. Chega de complicação!

— Quer dizer que na sua opinião fui eu que escrevi aquele poema?

— Não, não foi você.

— E por que não?

— Quem escreve com luvas é o seu Horácio.

— CROOOCLINNNK...

— Alô, Frank!

— Oi. Fala, Sônia.

— Tem alguém na extensão?

— Você sabe que eu não tenho extensão. Só pode ser no seu telefone.

— A mesma pessoa dos telefonemas anônimos...!

— Tem gente na linha então, desliga.

— TCHCLICK.

Para Horácio Ribeiro Falcão
Edifício Luz Del Fuego, apto. 112.

    Não perca tempo, se pretende viver mais alguns anos desfrutando da companhia libidinosa da sua gata. Convoque imediatamente uma reunião de condôminos e confesse que é o autor do poema enviado à vítima. Ou melhor, o plagiador de uma das mais belas composições de Gonçalves Dias, fazendo do Poeta um cúmplice involuntário de crimes passionais. Não quero com isso dizer que o senhor seja o assassino, mas certamente andou provocando os ânimos desses animais. Se preferir, calce as suas luvas e escreva de próprio punho uma declaração dirigida a mim, assumindo o roubo dos versos e o crime de assédio anônimo que é um dos atos mais condenáveis hoje aos olhos da ética dos direitos humanos. Porém, dessa vez, assine com seu próprio nome para que a infâmia não recaia sobre as costas de outrem. A retidão da lei cabe a todos, inclusive aos marginais como é o caso desse mascarado que injustamente foi o suspeito por algum tempo e talvez nunca tenha lido um verso do referido poeta.
    Eu poderia colher a sua confissão com o meu gravador de impressora a laser, mas as máquinas sofrem o mesmo mal da humanidade e têm os seus períodos de confusão interna. Portanto, o senhor terá vinte e quatro horas para tornar o seu ato público e nem mais um segundo. Eu me encarregarei de colocar a sua declaração no mural do prédio, caso se decida por essa alternativa. E saiba que justiça é o desejo firme e contínuo de entregar a cada um o que lhe é devido. Essas palavras pertencem a Justiniano e eu, ao contrário do senhor, tenho a lisura de indicar as fontes.

São Paulo, 10 de julho de 2010.
Frederico Schermann

Atenção: O senhor nunca me enganou.

— Alô...

— Rosaly, minha filha, desculpe eu te ligar a essa hora.

— Imagine, Horácio, eu quase nem durmo mais.

— É que eu estou a ponto de me atirar da janela.

— Seja um pouco mais original, joga a sua gata primeiro.

— Não sei como você tem coragem de brincar numa hora dessas!

— Mas o que foi, homem de Deus?

— Descobriram que eu escrevi aquele maldito poema...

— E foi você mesmo?

— Foi.

— Mas que pouca vergonha e na sua idade, Horácio!

— Ora, ora, ora. Um homem fica velho, mas não perde a lírica!

— E muito menos o arco do violino que fica no meio das pernas.

— Está aí a razão por que eu nunca te escrevi um poema. Você é muito bronca, mulher!

— Quer saber de uma coisa, Horácio? Acho melhor você não me ligar a essa hora da noite.

— Você mesma disse que custa pra dormir.

— Mas o meu marido dorme.

— Pelo que eu saiba um telefone não incomoda um surdo.

— Eu não quero falar sobre isso...

— Não?

— Não...

— Bem, eu só telefonei pra ler uma confissão que eu andei rabiscando aqui...

— Não me meta nisso... Não me bastava a história da síndica!

— Que história?

— Ela veio aqui hoje dizendo que encontraram aquela gargantilha dela no ralo da sacada onde aconteceu o crime.

— Uma gargantilha?!

— Com um broche de sachê. Uma coisa perfumada que ela usava e eu já sabia porque a polícia tinha vindo aqui antes. A voz dela parecia calma, mas...

— ZZZZZZZZZZZZZZZZZZTRIFUMMMM...

— O que aconteceu, Rosaly?

— A luz apagou.

— E como é que você sabe?

— Como?... Isso a gente sente na pele, oras...

— Você está sentindo um clarão azulado aí também?

— Isso é lógico que não...

— Só pode ser aquele mascarado outra vez.

— ZZZZZZZZZZZZZZZZZZZ...

— Alô...

— Alôôô...

— Não estou ouvindo nada!

— Alô!

— Aaaalllôôô...!

POLÍCIA CIVIL DO ESTADO DE SÃO PAULO
204º DISTRITO POLICIAL

INTIMAÇÃO

CELINA SYMONS
RUA ANTÔNIA DE QUEIROZ, Nº 132, 8º A., APTO 82.
SÃO PAULO - S.P.
EM MÃOS

Intimo V.Sa. a comparecer no 204º D.P., sito na rua Marquês de Paranaguá, 333, no dia 15 de julho do presente ano, às 15 horas, a fim de prestar esclarecimentos no Inquérito Policial nº 713/2009.

O não comparecimento implica nas sanções do artigo 330 do Código Penal.

Bel. Honorato Silveira Lima
Delegado Titular

— Alô.
— Quem fala?
— É a Cida da portaria.
— E o Augusto?
— Ele não tá.
— Mas ele é o zelador dessa joça ou não é?
— É que hoje é quarta, seu Fred, dia da folga dele.
— Quarta-feira, não é? Sei...
— É o senhor mesmo, seu Fred? Eu não tou ouvindo direito...
— E nem precisa. É só pegar uma correspondência em nome dele que veio por engano para cá. Está aberta...
— Não entendi, o interfone tá abafado.
— Eu vou colocar no elevador e você pega aí em baixo, ENTENDEU?
— Entendi, sim senhor.
— TCHCLICK
— Dá-me forças, Senhor, pra aguentar essa raça!

ESCOLA DE DUBLADORES E VENTRÍLOQUOS
"A VOZ DO BRASIL"

Ilmo. Sr.
Augusto Mariano Moraes
rua Antônia de Queiroz, 132, portaria.
01307-010 — São Paulo/SP/Consolação

Preocupados com a sua ausência desde o dia 20 de junho, solicitamos informar urgentemente à secretaria da Escola o seu interesse em continuar matriculado no curso Formação de Dubladores — Básico I, no qual apresentou excelentes resultados durante os três primeiros módulos de timbre, alternância e impostação. Se houver problemas no pagamento da mensalidade, queremos antecipar que o estabelecimento está aberto ao diálogo, pois acreditamos na voz dos nossos alunos como matéria-prima de todas as formas de comunicação.

Atenciosamente

Nivaldo Albatroz de Oliveira
Diretor

.... kwwwooommmuuuo agora que eu senti que o gravador rateou. Mas eu já gravei tanta coisa que, se tiver que ser, alguma coisa vai rolar na sua mão. Mistério, mistério sempre há de pintar por aí. Agora tou gostando ainda mais dessa letra do Gil. Ou é do Caetano, sei lá? Se fosse do Raulzito, essa fera que inventou o rock brasileiro e preferia ser uma metamorfose ambulante do que ter aquela velha opinião sacal, caretissimamente careta, eu nunca ia ter dúvida. Mas os manos baianos que são meio que irmão na música e no silêncio são demais também. É impressionante como eles se sacam só de se olhar. Eu nunca vi você, mas a relação da gente não é muito diferente. É lógico que um pouco eu inventei você, senão eu pirava. Ia gastar uma grana de analista se não fosse esse gravador e isso eu não queria mesmo. Sou sujo com esses caras. É melhor levar um papo com alguém que a gente acredita. Depois todo mundo que marcou um ponto na história, você pode ver, andou encarando uns sonhos malucos. Não tou nem nunca tive a fim de ficar na história porque, se você pensar bem, tudo isso é umas e não dá pra saber. Agora que é demais acreditar numa ideia, ir fundo num sonho, isso é demais mesmo, cara! Pensa no Che Guevara, no Freud, no Galileu, na Madonna, no Gandhi, no Charles Chaplin, o Carlitos, na Anita Garibaldi, na Leila Diniz, sabe aquela lá?, no Robin Hood, na Rosa de Luxemburgo, manja ela?, na santa Joana d'Arc e até em Jesus que nem sei se ele existiu mesmo, mas ainda é o carinha mais falado de todos os tempos em tudo que é lugar. E tem também o Bob Dylan, a Janis Joplin, a Lady Di, o Renato Russo que acho que você não conhece, mas eu já te falei. Esses malucos beleza sonhavam e todos eles tinham umas ideias na cabeça e o maior sonho no coração. Eu não sou como eles, tô fora, mas você, meu, é uma puta ideia. Pode até ter sido uma loucura eu te mandar o diário do Batman pra DC Comics da Warner Bros. Ainda bem que eu mandei o pacote super-registrado e depois de um tempo ele voltou. Mas alguém leu, isso eu tenho certeza. Veio com um embrulho diferente e aquela letra R escrita em todas as páginas dá pra pensar. Pode até ser brincadeira, um porrinha tirando uma com a minha cara, mas também pode ser que não. Pra te dizer a verdade, eu acho que nessa de mistério foi você mesmo que leu. E por que eu não ia botar uma fé nisso? Tudo a ver, é só pensar nessa confusão. Sabe aquela garota da fotografia? A Paloma? Foi subindo, subindo e agora anda aparecendo em cima de igreja. Na semana passada ela ficou três dias na cúpula da Santa Ifigênia igual uma bailarina parada. Com um pé apoiado e o outro no ar. Ninguém conseguiu tirar ela lá de cima e a mulherada veio de todo lugar trazendo comida, e ela só queria urtiga. Acredita? O André também. Foi internado e diz que a cama, o quarto, a janela, tudo tá ficando amarelo. Eu fui até lá e fiquei com o maior medo. E não era só dele não, dele eu acho que fiquei com pena. Maior estranho, meu, mas eu tive um pouco de medo de mim. Deixa pra lá, loucura! O Morcegão é outro. Apareceu de novo e nem deu uma chegada até aqui. Tá magro pra cacete e o pessoal não se liga muito mais nele. Quer dizer, parece que não se toca. Tem hora que eles ficam olhando pro alto. Se eles não estão pensando no Batman, eles estão esperando meio de bobeira um cara que pula os telhados com uma capa cheia de luz, isso eu sinto. De vez em quando ele anda de dia por aqui e as pessoas viram o rosto. Agora se você der de cara com ele, não tem outra, todo mundo começa a chorar. Deve ser por causa dessa droga de vida que deixa a gente completamente pinel. Por isso não corto mais o cabelo nem a barba faz tempo e não vou cortar até tudo isso ficar limpo. Tou certo? Outro dia me deu na cabeça de andar por aí procurando os lugares onde o Morcegão já tinha morado. Tem coisa que não dá pra entender mesmo, meu! É aquilo do mistério que eu te falei. Você acredita que um cara me deixou entrar numa pensão super-rampeira lá no Brás e eu encontrei no quarto do Batman, debaixo de uns tacos do assoalho, uma página do diário dele. Dessa vez eu vou tirar uma xerox e te mandar pra ver o que acontece. Não fica muito claro esse rolo do crime, mas vale a pena você ler. O que tem me deixado mais maluco é saber que a Peggy Lee que eu nunca pensava, também tá enrolada até o pescoço nessa história toda. Tá a fim de saber? Então escuta essa. Fiquei sabendo com o André, lá no dia do hospital, e está escrito também com a letra do Morcegão que ela devia uma grana violenta pra Abigail. Pensei até em entregar tudo pra polícia ou pro detetive, mas você sabe que com esses caras daí não dá. Ainda mais que esse tal de Frederico anda transando adoidado com a Peggy Lee, e pelo jeito deve ter mais coisa nessa transa dos dois. Mas não dá pra saber direito. Essa semana mesmo a polícia andou por aqui dando uma geral e encontrou no ralo ou dentro de um vaso que fica preso do lado de fora da sacada, não sei bem, uma gargantilha dessas de mulher. Eles mostraram pra todo mundo e a dona Rosaly entregou que era da síndica. Eles pressionaram pra saber como é que ela podia ter a certeza porque essa cantora é cega, tá lembrado? Diz que ela respondeu que era por causa de um perfume que tem dentro de um coraçãozinho, tipo esses ágnus-dei. Cego se liga no nariz e tem o maior faro, você manja, né? Eu achei melhor ficar de fora porque tou mais preocupado com o Morcegão, que pra mim tem tudo a ver com esse rolo todo. Eu tou sabendo que no dia do assassinato o Baaatiiimããâwwwook... Ihhh, esse treco tá enroscando outra vez. Eu falo com você deeepuwooisssss...

— Portaria, às suas ordens.
— Eu já sei quem é você.
— É o Augusto...! Por quê?
— Augusto o escambau, ô Guta Simpson!
— Só um detalhe, quem tá falando?
— Só um detalhe hein, ô cachorro!
— Ihhh..., me entreguei...
— Quer dizer que, além dos trotes, o zelador é maricão!
— O senhor me respeita que eu sou um pai de família.
— Eu vou levar a sua mulher no Banana Erótica só pra ver se ela acha isso mesmo.
— Pelo amor de Deus, fale baixo.
— Fala baixo, não é, canalha! E os telefonemas que você me deu?
— Não foi por mal, eu lhe juro. É que nessa portaria não acontece nada.
— Certo! E daí você resolveu pôr em prática os seus dotes de dublador pra infernizar os outros!
— É o mascarado que tá falando? Não..., é o detetive, não é? É do apartamento 22...?

— Cala a boca que você já incomodou demais com essa sua voz ordinária que não é de homem nem de mulher.

— Tá bem, eu calo sim.

— E aquela sua correspondência?

— Eu dei fim nela.

— Então só falta você esquecer essas histórias do telefone. Não é bom pra você e nem pra nós.

— Eu esqueço sim.

— Vou te dar só mais um conselho...

— Eu aceito, sim senhor.

— Te manda daqui do prédio já ou eu...

— Mas quem tá falando?

— TCHCLICK.

Querida Cida, amada amante

    Estou indo embora e não sei se vou voltar nunca mais. Só espero que depois que você ler esta carta minha cabritinha cheirosa que você nunca se esqueça que eu nunca deixei faltar comida na mesa das crianças e também nunca larguei você na cama com falta de mim. Fiz besteira aqui no prédio e o pessoal descobriu. Lembra dos telefonemas mudando de voz? Pois foi o seu marido aqui mesmo que fez e fim de papo. Ô tentação da minha vida, fui eu. Você me dizia que eu não dava para o negócio de dublagem, agora a minha flor tem mais é que acreditar quando eu falo. Fiz tudo tão nos conformes que se não fosse uma derrapada minha aqui e ali ninguém nunca que ia saber. Eu tenho alma de artista minha linda e isso ninguém me tira de mim. Só um detalhe Cida. É claro que não está certo o que eu fiz mas tudo o que eu falei era verdade porque eu vi e ouvi pela caixa de distribuição de telefone. O papai aqui é bom de juntar os fios.

    Não se preocupe comigo, eu vou estar muito bem. Vou trabalhar numa boite e te mando a grana do rango todo mês. Escrevi uma carta e pedi para você ficar no meu lugar de zeladora. Eles vão concordar. A gente se vê nessas quebradas da vida. Gostou dessa, quentura? Agora eu já estou achando que um dia eu vou voltar. Dá um beijo no Gibinha e na Olívia e não me ponha ninguém no meu lugar. Estou levando o seu cheiro comigo e esse berrinho manso que me deixa do jeito que o diabo gosta.

                                                Seu boizão de sempre,
                                                        Guto.

POLÍCIA CIVIL DO ESTADO DE SÃO PAULO
204º DISTRITO POLICIAL
TERMO DE DECLARAÇÃO

Aos quinze dias do mês de julho de 2010, comparece perante mim, Bel. Honorato Silveira Lima, Delegado Titular deste Distrito, a senhora Celina Symons, brasileira naturalizada, nascida na Ucrânia em trinta e um de março de 1949, casada com Philip Symons, aposentada como física do Instituto de Física da USP, atualmente síndica do Edifício Luz Del Fuego onde reside, sito na rua Antônia de Queiroz, número 132, apto. 82, que, arguida sobre os fatos constantes no inquérito policial, instaurado pela portaria nº 57, alegou ser desafeto da vítima, Abigail Aparecida Chaud, morta na noite de treze de dezembro de 2009, aos 23 anos, com quem chegou a entrar em "confronta corpa a corpa na rua" (na expressão carregada de sotaque da declarante), devido aos transtornos provocados pela outra "com aquele luneta caolho fuçando o vida dos outros". (Observação: as palavras entre aspas referem-se à declarante). Entretanto, afirmou nunca ter adentrado o apartamento da vítima não só por moral e "vergonha no cara", mas também por superstição em relação ao número treze que coincide com o andar onde, na ocasião, Abigail residia, fato confirmado pela equipe de investigação local. Quanto ao objeto encontrado no local, uma gargantilha de veludo com um broche artesanal em forma de coração armado em prata e confeccionado no mesmo tecido, contendo no seu interior resíduos de fragrância floral um pouco evaporada, a declarante confessou que a joia já fora objeto de sua propriedade, presente de Thereza Ribeiro Falcão, ex-mulher de Horácio Ribeiro Falcão, morador do apartamento 112 do mesmo prédio. A declarante acrescentou ainda que a amiga, artesã de joias e bijuterias, criara o presente especialmente para ela, substituindo a cera originalmente encontrada nos ágnus-deis por um perfume injetável e adequado à personalidade da presenteada, por coincidência "a mesma cheiro da amiga-irmã". A declarante, mostrando sinais de indisposição e dificuldade de se expressar, alegou não conhecer as razões pelas quais o objeto se encontrava no local do crime, justificando que há cerca de um ano devolvera o presente ao marido da amiga, Horácio Ribeiro Falcão, por insistência do mesmo, fato que ela entende até hoje, muito a contra-gosto, como apego ao passado e "sentimenta brasileiro de uma velho machon". Negou ter contato ou convivência com o marido da amiga, embora tenha visto em algumas ocasiões a gargantilha no pescoço da gata de estimação de Horácio, a quem ela se referiu durante toda a declaração como "animal estranha e vesga". Confessou ter pensado em recuperar o objeto, porém a gata, além de ser esquiva e violenta, não portava mais a gargantilha desde o final do ano passado. Perguntada se sabia quem cometera o delito, alegou conhecer "a autor do matança", pedindo três dias para trazer prova decisiva que elucidaria prontamente o caso. Embora o depoimento da declarante já estivesse encerrado, houve transtornos no final, ocasionados pela presença do repórter de televisão, Daniel Lu Mesquita, conhecido nos meios de comunicação como Mesquitinha, que adentrou abruptamente o recinto, chegando a tirar algumas fotos da declarante. O invasor foi expulso da sala, sem que fosse necessário o uso da força física, incitada insistentemente pelo repórter que não parou de agredir os policiais com palavras de baixo calão. Lido e achado conforme, vai a presente assinada por mim, escrivão Antônio Torres, e por mim, Delegado Titular deste Distrito, Honorato Silveira Lima, com o aval e a assinatura da declarante, Celina Symons.

FAX P/ (021) 261-1111 — JORNAL DO PAÍS —
A/C: CARLÃO-EDITOR

DE MESQUITINHA — SÃO PAULO

/MULHER UCRANIANA É SUSPEITA NÚMERO UM DO ASSASSINATO DA MOÇA DA LUNETA/

Celina Symons, nascida na Ucrânia há sessenta e um anos, é a provável assassina de Abigail Aparecida Chaud, que ficou conhecida na imprensa e nos meios de comunicação como A Moça da Luneta. O crime ocorreu na noite de 13 de dezembro de 2009 no apartamento de Abigail, por volta das 23 horas e trinta minutos. A vítima foi atirada do 13º andar, morrendo instantaneamente por esfacelamento do crânio, ruptura do esôfago e perfuração da caixa torácica, além de diversas fraturas expostas. Inicialmente o caso foi dado como acidente ou suicídio, pela ausência de outros indícios e a personalidade desequilibrada de Abigail. Ela tomava drogas, já tinha tentado o suicídio na primeira adolescência e dava festas em seu apartamento que terminavam com muito sexo, bebedeira e pancadaria. A constatação posterior de vestígios de violência nas costas da vítima chamou a atenção da polícia que há seis meses vem investigando o crime. Depois de passar por diversos suspeitos, inclusive o mascarado apelidado de Cidadão Tristeza e bastante conhecido na Consolação, a polícia resolveu retornar ao local do crime para fazer mais uma perícia e encontrou uma gargantilha num vaso de samambaia preso na parede de fora da sacada. A gargantilha foi identificada como pertencente à Celina Symons, síndica do Edifício Luz Del Fuego, que fica localizado em frente do local do crime. A acusada prestou declaração no 204º Distrito Policial e ficou bastante descontrolada, chegando a enrolar a língua com tiques convulsivos quando foi posta diante da prova do crime. Reconheceu o objeto, porém negou a autoria do crime. Entrevistada pelo Jornal do País na saída do interrogatório, Celina Symons pediu três dias à opinião pública para dar nomes "às bois e aos vacas", querendo dizer que sabe quem é o assassino. Arrastada por Philip Symons, seu marido, a síndica entrou num carro fazendo gestos obscenos com as duas mãos e gritando ameaças para os curiosos e para o próprio companheiro no tom mais violento da língua eslava: "Eu vai ferrar o criminosa". A polícia que atendeu muito mal a nossa equipe de reportagem declarou que o caso ainda não está solucionado pelos pontos contraditórios do depoimento, mas a gargantilha é como uma guilhotina apontada "para o pescoço da russa que dessa vez vai parar de comer criancinha".

Carlão, vê se dá uma acertada nesse texto porque eu fiquei engarrafado na Paulista e guarda um espaço nas chamadas que eu estou indo na captura de uma quente do Batman.

        Mesquitinha SP   15/07/2010   16h47

Batman, um clarão nas trevas é a nota que nós estamos recebendo nesse instante da reportagem de São Paulo para o Jornal do País. O Cidadão Tristeza, que já se transformou em assunto nacional, voltou a chamar a atenção da opinião pública brasileira. Nos últimos dias, os jornais, as revistas, o rádio e a televisão perguntam: **Quem é essa figura que se faz passar pelo super- -herói das histórias em quadrinhos?** Hoje talvez a resposta apareça. Os moradores da Consolação estão reunidos agora na rua Antônia de Queiroz para uma noite de vigília. Mas não é um ato de protesto, como já ocorreu várias vezes antes, quando a população do bairro exigia a expulsão de Batman. Nessa noite, muitos manifestantes se juntam para render homenagem ao mascarado que, segundo eles, é dotado de poderes sobrenaturais. Diversas pessoas vão passar a noite caminhando com uma vela acesa na mão e

cantando a música Gita, de Raul Seixas, na passeata Eu Sou
a Luz das Estrelas, sugerida por Hermann Hesse Montenegro
como agradecimento pelos milagres recebidos. Os moradores
portavam uma espécie de santinho com a letra da música de um
lado e a fotografia do cantor do outro. Todos disseram que
tiveram uma verdadeira descoberta interior porque resolveram
seguir os sinais luminosos irradiados da capa de Batman.
Muitos ficaram curados de problemas crônicos, alguns foram
promovidos e hoje ocupam cargos de chefia no trabalho, os
mais velhos doaram parte dos seus bens a instituições de
caridade e quase todos os jovens mudaram radicalmente a sua
visão de mundo. O primeiro caso aconteceu com Paloma de
Palma Martucci que passou a levitar com uma fotografia do
mascarado e atualmente tem aparecido para muitas pessoas nas
garrafas de guaraná Champagne Antárctica com total nitidez.
Algumas pessoas mais idosas, que caminham diariamente na
praça Buenos Aires e no Cemitério, confessam e garantem
ter presenciado "o rosto da moça sorrindo" — palavras dos
fiéis —, em copos com o referido refrigerante, e provam,

segundo o nosso repórter Daniel Matos Montsserrat. Estas pessoas passam três gotas do líquido que já revele a imagem de um copo para outro e o suposto milagre realmente acontece. Vale informar aqui que o conta-gotas só pode ser usado uma vez e em seguida descartado, sendo que o nosso repórter confirmou as experiências. Várias crianças chegaram a ver o perfil da moça nas garrafas de Coca-Cola, mas os resultados não foram os mesmos porque muitos pais se recusaram a expor os filhos às câmaras de televisão. Há pessoas que viram o rosto de Batman sem máscara e tiveram reações imediatas. Isto ocorreu na madrugada de ontem com Rosaly Louzada Pires, uma cantora cega, que primeiro vislumbrou umas formas azuladas e depois passou a enxergar

ZZZZZZZZZZZZZZZZZZZZZZZ... Desculpe. Nós estamos com um problema nos nossos transmissores, mas voltamos em seguida com mais notícias sobre o Batman e o poço de pré-sal que aparece como o oásis na economia no Brasil. E não deixe de ver também mais imagens do violento incêndio da Favela Calypso, ao vivo. Não sai daí, a gente volta já.

— Eu nunca podia esperar isso de você, Horácio.

— Mas eu não contei nada pra ninguém, Rosaly.

— E como é que eles estão falando de mim na televisão?

— Você disse pra mais alguém?

— Acho que o meu marido percebeu e a síndica veio aqui me perguntar, porque ele tirou a máscara pra ela também.

— Por isso que ela está diferente e dizendo que não precisa mais dos três dias. Vai contar quem é o assassino pra polícia amanhã.

— O quê? Não entendi!

— Eles estão cantando muito alto lá embaixo, é uma loucura.

— Mas o que tem a síndica?

— Ela pode complicar a vida da gente com essa história da gargantilha. Você nunca podia dizer que era dela.

— Mas era. Eu..., eu nem sei como eu disse aquilo, foi o meu olfato que falou na hora. E eu não sabia que ela tinha devolvido pra você.

— Foi o único jeito que eu consegui pra acalmar a Xaxá. Eu falo e você não acredita, mas essa gata é como gente. Ela estava morrendo de saudade quando a Thereza me abandonou e no começo a gargantilha deu certo.

— Isso é exagero seu, porque depois sumiram com aquela coleira fedorenta e a sua bichana continuou viva.

— Roubaram dela, não sei como!

— Mas a gata está aí fresca e viçosa.

— A duras penas, eu é que sei.

— Eu não ficaria nada espantada se me dissessem que a síndica pensou bem e se viu no direito de ter a gargantilha de volta. Ela é tão egoísta, você não acha?

— Pra te dizer a verdade eu já desconfiei até de você.

— Velho demente! E você acha que eu sou alguma cleptomaníaca!?

— Ora, ora, ora! Isso não seria nada demais pra quem se diz cega e tem alucinações com um Batman de araque.

— Alucinações, o diabo que te carregue. Ele tirou mesmo a máscara.

— E por acaso você pode me descrever o rosto dele?

— Não dava pra ver direito, ainda mais eu. Era muita luz!

— CRRROACK...

— O que foi isso, Rosaly?

— Sei lá, homem, deve ser o seu aparelho.

— Alô...

— Alô, alô...

— Alô, quem está na linha?

— Sou eu, seu Horácio, o detetive aqui do 44.

— Agora o senhor me persegue até pelo telefone. Não basta a humilhação que eu passei.

— Horácio, é ele que escuta tudo!

— Não é nada disso, minha senhora. É que cruzou a linha e eu preciso urgente ligar pra polícia.

— Pra polícia!

— Por quê?

— Eu sinto muito dizer, mas a síndica acaba de cair da sacada. Ela está morta no canteiro de entrada lá embaixo e é horrível ver aquelas poucas flores cobertas de sangue. Por favor, vocês precisam desligar já.

— Mas como foi isso?
— É!...
— Por favor, desliguem agora.
— TCHICLICK...
— TCHICLICK...

....

.... Eu não consegui ver ninguém atrás dela, cara, mas quem quer pular mesmo não fica segurando na grade da janela. Tava escuro pra cacete, foi super-rápido, mas me deu uma impressão que ela foi empurrada. Só que eu não vou abrir o meu bico, é muita loucura, bicho, e eu estou pensando mais em me mandar dessa cidade e voltar pra calmaria da minha casa. Tou com a maior saudade das broncas do meu velho, quero ver se os peitinhos da Tininha já estão do tamanho de bola de golfe e não te digo nada se eu não levar comigo a Dedé numa manha. Ela deu uma passadinha aqui e ficou maluca com o meu cabelo e a minha barba raspando na perna dela. Foi demais. É isso aí, meu, tou levantando acampamento e caindo fora. Vou dar mais um tempo na faculdade porque eu estou azarado também na escola e crawn. Ahhh, eu estou te mandando aquela página do diário do Batman e nem precisa me devolver nunca mais. Tou com medo, cara, o Morcegão não sei não! Eu não te disse, mas na noite que a síndica morreu eu tive a impressão que aquela luz azul da capa dele faiscou de leve um pouco antes dela cair. Mas pode ter sido o céu, a luz das estrelas e é melhor a gente deixar isso pra lá. Pior é que eu tou com uma puta duma fome e excitado com toda essa história. Queria dar uma transada sem fim com a Dedé numa caverna escondida igual àquela de Gotham City. Mas isso não é aqui e é claro que eu não vou conseguir dormir. CLICK.

Philip Symons e família agradecem as manifestações de pesar recebidas pelo falecimento da inesquecível

CELINA SYMONS
(D. Celi)

e convidam familiares e amigos para a Missa de Sétimo Dia que será realizada na próxima quinta-feira, dia 22, na Igreja de Nossa Senhora do Brasil, na praça N. Sª. do Brasil, nº 1, Av. Brasil esquina com Av. Europa, às 10,30hs

24/04/2010, São Paulo

Hoje eu senti tanto ódio que cheguei a rasgar um pedaço da luva com os dentes. Gritei "Batman" muitas vezes para não matá-los e depois me aconcheguei dentro da capa. Não sei qual dos dois é o pior. A Peggy ou o porco do detetive. Ele passou a madrugada com ela e eu fiquei olhando como era difícil ele se encaixar nela por causa da barriga estufada de amendoim e água mineral com gás. Foi necessário ele ficar embaixo e ela por cima como se fosse uma ratoeira armada. Se a Peggy Lee pudesse pôr giletes na vagina, ela capava o paquiderme e ia cortando as carnes dele até chegar no colchão. Os olhos brilhavam parados como a mágoa das feras e o corpo cavalgava com aflição sobre o tronco mole do detetive. Tudo foi muito rápido e no final ele entregou uma maço de promissórias que ela devia para a Abigail. Eu podia ter feito isso por ela, se não tivesse ficado tão preocupado em destruir fantasias traçadas em bico de pena. Em rasgar gibis. Por uma mulher como ela, eu faria muito mais, talvez até desistisse desse rancor tão antigo, que ainda é a melhor parte de mim. Da mulher de branco eu não ouso dizer uma palavra para não ofuscar o imaginário que ela tornou mais vivo dentro de mim. Imaginário, meu imaginário, quanto ele poderia ter feito e nem sempre fez. Imaginário, Alla Iehfadak...

Quem sabe, eu não viesse a evitar as atrocidades sofridas pela gata que atravessou a rua naquela noite possuída pelos demônios de todos nós.

POLÍCIA CIVIL DO ESTADO DE SÃO PAULO
204º DISTRITO POLICIAL
TERMO DE DECLARAÇÃO

Aos vinte e dois dias do mês de julho de 2010, comparece por iniciativa própria e livre vontade perante mim, Bel. Honorato Silveira Lima, Delegado Titular deste Distrito, a senhora Joana Fonseca Lopez, brasileira, casada, nascida em quatorze de junho de 1970 em Minas Gerais, que se negou a dar informações sobre o atual endereço e profissão, temendo represálias do marido, para declarar espontaneamente fatos do seu conhecimento que serão reunidos no inquérito policial instaurado pela portaria nº 57. A declarante afirmou estar acompanhando as investigações sobre o assassinato de Abigail Aparecida Chaud pela imprensa e ter sido amiga íntima da vítima, chegando a morar com ela por um mês no ano da sua morte. Alegou ter visto nessa ocasião a gargantilha no pescoço de Abigail, tendo ficado encantada com a delicadeza do objeto e o aroma suave e ao mesmo tempo penetrante do perfume. Interessada em possuir uma joia idêntica à da amiga, perguntou a Abigail onde ela havia comprado o objeto, ao quê a vítima respondeu de forma lacônica: "Sem essa de comprar, colega, é garimpo mesmo". Joana acrescentou ainda que a amiga só usava a gargantilha em noites muito especiais, mantendo a joia sempre guardada numa caixa com tampa de madrepérola e chaveada. Insistiu que fazia a declaração para absolver a memória de Celina Symons, injustamente acusada de crime que não cometera, tendo em vista que a gargantilha era de posse da vítima e portanto não fora deixada lá por ninguém. Lamentou ainda ter presenciado a atmosfera de desconforto vivida recentemente no enterro da síndica, digo Celina Symons, ocasião em que os presentes revelaram um forte sentimento de desconfiança em relação à morta e a outros suspeitos supostamente envolvidos com o episódio da gargantilha. Por fim, exigiu que constasse dessa declaração o seu repúdio pela insensibilidade do detetive Frederico Schermann, que chegou a ordenar a abertura do caixão para verificar o tamanho das unhas da falecida. Segundo ela, o acontecimento foi bastante constrangedor porque ficou provado aos olhos de todos que a falecida roía as unhas e os dedos até a cutícula, não tendo condições de arranhar as costas de ninguém. "Rezem para ela não voltar", acrescentou Joana Fonseca Lopez, encerrando a declaração. Lido e achado conforme, vai a presente assinada por mim, escrivão Oboé Chopin Gomes, e por mim, Delegado Titular deste Distrito, Honorato Silveira Lima, com o aval e a assinatura da declarante.

— ZZZZZZZZPWWWWWWUUUUUUFFFFILLL...

— Que foi isso de novo, Frank?

— É uma descarga elétrica que vem da Paulista. Tão falando no rádio, e não tem problema nenhum.

— Mas me deu até um choque, eu vou desligar.

— Você está mesmo é saindo fora de mim, hein Sônia?

— Que saindo fora, eu tenho o que fazer.

— Olha aqui ô sua professorinha escrota, se eu me estrepar, você se estrepa também.

— Ameaça agora é, ô King Kong? Pelo que eu saiba eu nunca me vesti de Mulher Gato.

— Mas andou miando com os alunos aí na sua cama.

— Seu mastodonte, foi só o Leandro e eu nem sei por que te contei.

— Não vem não que a Abigail também sabia e por pouco não espalha tudo na sua escola. Pensando bem, não foi tão ruim assim ela triturar o crânio lá embaixo!

— O que você quer dizer com isso?

— Você tá me entendendo e não vai querer que eu explique!

— Explicar o quê, ô animal?

— Que você também estava na mira da Abigail.

— Quem te disse isso?

— Eu pus a capa do Batman e vi tudo. Não é isso que estão dizendo de mim? É isso aí. Se você não me escutar, eu arraso com você!

— Olha aqui, ô Franklin, faz o que você quiser!

— Eu não estou querendo fazer nada, só preciso falar que eu escutei os dois!

— Mas é loucura isso!

— Porque você não subiu lá pra ouvir ela conversando com o marido dela. E foi hoje.

— A síndica morreu, Frank, põe isso na sua cabeça!

— Eu sei que ela morreu, meu saco, mas eu escutei

ZZZZZZZZZZZZZZZZZZZZZZZZZZZZZZZZZZZZZZZZZZZZZZZ ZZZZZZZZZZZZZZZPWWWWWUUUUFFFF... Ouviram outra vez? Como já dissemos aos ouvintes da Nova Rádio Relógio de São Paulo, esse barulho é uma simples descarga eletrostática que acontece por causa da baixa umidade do ar tão frequente no mês de julho. Descarga eletrostática! O nome é complicado, mas o problema já foi identificado e ninguém precisa se preocupar. Esse é o nosso programa Notícias em Gotas com informações sobre o tempo e os principais acontecimentos da cidade. ZZZZZZZZZPWWWUUUUU FFF... Mais um, escutaram? Daqui a pouco esse sinal vai ser o nosso fundo musical porque aqui tudo é matéria, tudo é vida, tudo é energia. Os ouvintes só precisam ter um pouco de paciência quando a nossa emissora sai do ar e não desligar o rádio. Nós estaremos voltando a todo instante sempre com muita informação. O nosso especialista no assunto, o geoespacial Verdi Luís, explica que esse fenômeno vem da baixa umidade do ar e também do descontrole da emissão de ondas das antenas localizadas na região da Paulista. As transmissões de rádio, televisão e telefone são interrompidas temporariamente, podendo haver interferência entre esses meios. Continuem ligados na Nova Rádio Relógio e fiquem sintonizados com o nosso tempo. Agora são 9 horas e 43 minutos, o tempo está seco e os moradores da Consolação ainda continuam vivendo momentos muito difíceis com o assassinato da moça da luneta. O caso estava praticamente resolvido, mas uma mulher envolvida no crime acabou morrendo em circunstâncias trágicas e depois da missa de sétimo dia, segundo informações de moradores do bairro, começou a aparecer todas as noites na janela do seu apartZ ZZZZZZZZZZZZZZZZZZZPWWWWWUUUUUFFFFFF...

... A primeira vez que eu vi, eu quase virei meleca, carinha. Não tava acreditando e foquei no máximo a lente da luneta. Não tinha uma luz na sala mas te juro como eu vi a sombra da síndica limpando os vidros da janela. Daí o marido dela, acho que foi ele mesmo, pegou ela por trás e foi carregando pro quarto. Só se o cara é maluco e já tá transando com outra mulher. Vai ver até que é verdade aquilo que eu vi naquela noite e foi ele mesmo que deu um empurrão nela. A zeladora me contou que a polícia já fez uma presença aqui umas três vezes pra falar com ele e ele nem quis atender o interfone. De dia não dá pra ver nada porque a janela fica fechada. Mas uma vez ele esqueceu uma brechinha da cortina aberta e eu vi direitinho a cara dele. Ele tava dando o maior amasso na síndica, meu, e eu tenho a certeza que era ela. Mistério eu sei que existe, agora como é que pode um cara transar com uma morta? O Batman deve tá por dentro dessa história, mas depois daquela passeata o Morcegão virou estrela. De vez em quando ele aparece por aqui e quase nem fala. Acho que a língua dele também desmanchou e agora só aparece em cima da orelha aquele balão de pensamento. Outro dia eu vi escrito o nome do assassino num balãozinho desses, mas ainda não dá pra te entregar. Pode ser sacanagem do Morcegão e deve ter mais gente metida no meio. Só quero que você...
.... ZZZZZZZZZZZZZZZZZZZZZZZZZZZZZZZZZZZZZZZZZZ ZZZZZZZ

— ZZZZZZZZZZZZZZZZZPWWWWUUUUUFFFFFFFFF... Não se preocupa que esse barulho não tem perigo.

— Mas dá uma gelada na espinha.

— Gelada estou eu com o que você está me contando, Peggy Lee.

— E é tudo verdade, pode crer.

— Mas você tem certeza mesmo que não é a síndica?

— Orra, professora, você também encara essa de alma do outro mundo?

— Claro que não, mas se tiver uma irmã gêmea?

— Pode até ser. A cara de uma é o focinho da outra, mas essa não é a síndica.

— E vai saber quem morreu mesmo?

— Foi a síndica porque era ela que roía as unhas. Todo mundo sabe disso e nem precisava aquela babaquice do detetive de abrir o caixão.

— Agora você me deixou mais confusa!

— Tou te dizendo, Sônia, entra na minha. Eu fiquei escondida na escada do apartamento deles. A Cida, a zeladora, me disse que uma hora alguém tinha que abrir a porta pra pegar o leite. Demorou mas não deu outra.

— Conta então.

— Ela saiu numa boa, na maior calma mesmo, deu até pra ver a bunda dela porque ela estava com uma camisola transparente.

— E daí?

— Ela é igualzinha à síndica, mas é outra pessoa.

— E por quê?

— Por causa da unha, criatura, que é comprida, bem fina e pintada de vermelho-cheguei. Isso eu vi mesmo.

— Fina e bem vermelha, é claro! Então só pode ser ela a assassina da Abigail aí da frente!

— Isso eu não sei, porque unha também cresce, colega. Agora um dos dois matou a síndica.

— E o que a gente faz agora?

— Bom, lá dentro eles não podem ficar a vida inteira.

— É muito esquisito...

— Acho que é melhor você chamar logo a polícia.

—Eu...?

ZZZZZZZZZZZZZZZZZZZZZZZZZZZZZZZPWWWWUUUUUFFFFF...

Agora são dez horas e trinta minutos, o tempo continua seco e na Consolação um grupo de manifestantes ameaça invadir o Edifício Luz Del Fuego com fotos, gibis e pôsteres do Cidadão Tristeza, gritando em coro: "Justiça em dobro". Eles estão revoltados com a morte de Celina Symons eZZZZZZZZ agora querem linchar o marido e a amante. Tudo começou com o assassinato de Abigail Aparecida Chaud...ZZZZZZZZZZZ É Chaud ou Saúde? ZZZZZZZZZ ZZZZZZZZZZZZZZZZZZZZZZZZZZZZZZZ

— ZZZZZZZZZZZZZPWWWWWUUUUUFFFFFF...

— Seu Felipe, é a zeladora aqui na portaria.

— Philip, por favor.

— Certo seu Filipe. É que a polícia tá aqui embaixo querendo subir aí em cima pra falar com o senhor.

— Pede só quinze minutos que eu já estou quase pronto e eles sobem. ZZZZZZZZZZZZZZZPWWWWWUUUUUFFFFFF...

— PUUUMMMRUUUMMM.

— Que foi isso, meu Deus, uma explosão?

— Você ainda está aí, Horácio?

— Aqui é o detetive, dona Rosaly.

— Foi um tiro, não foi, Peggy!

— Foi.

— E veio lá de baixo.

— Será que estão invadindo o prédio?

— Não, foi lá em cima, Rosaly, hein?

— TCHCLICK...

— Hermann, eu vou desligar, cara, e depois eu te explico...

— Frank, é você?

— Não, é o Batman!

Quando vocês atravessarem a porta do meu velho apartamento, encontrarão no meio da sala essa carta ao lado de dois corpos estendidos no chão, espero que abraçados e completamente mortos. Planejei que meu corpo fique do lado esquerdo de Madalena com a cabeça aconchegada sobre o peito calmo e opulento da mulher que eu amo há tanto tempo. É estranho imaginar que dentro dela existem fios eletromagnéticos, placas de metal, ligações neurônicas, e o senso comum chame essa complexidade tão afetiva e feminina de robô. Que ela seja então na opinião de todos uma máquina amorosa, inventada por mim e por minha ex-mulher num gesto igualmente impetuoso de amor. Da parte de Celina, por sentimento de perda. De minha parte, por vaidade e solidão.

 Meu nome é Philip Symons e até há bem pouco tempo eu era marido de Celina Symons, com quem vivi durante trinta e cinco anos como uma espécie de cúmplice insatisfeito, carregando um insuportável sentimento de dó. Nunca fui apaixonado por ela, mas também nunca a odiei. Para mim, sempre foi impossível odiar as pessoas que sofrem demais. Talvez Celina não tenha tido consciência do seu sofrimento, porém ela era a própria dor. Sempre batendo as portas, se ferindo com a louça e os talheres, agredindo o mundo por puro desconforto interior. Nunca foi diferente desde o dia em que ela perdeu uma irmã gêmea num acidente de automóvel, aqui mesmo no Brasil. Celina dirigia o carro e disso ela nunca se perdoou. Bobagens dos eslavos que são tão arraigados a princípios que mal conseguem aprender o idioma de um outro país.

A rotina é capaz de coisas incríveis e um dia resolvemos pôr mais alguém entre nós, com a ajuda de um cientista amigo de Celina, cujo nome não tenho o direito de declarar. Partimos da ideia de um clone, mas imediatamente desistimos porque um bebê nunca esteve em nossos planos.

Não sei se os senhores sabem, mas uma das leis da robótica proíbe a criação de robôs por razões emocionais. Na verdade, não foi outra a nossa razão. Eu vivia um relacionamento tedioso e Celina, embora nunca falasse, queria recuperar a convivência com a irmã. Por isso, projetamos a nossa fantasia à imagem e semelhança de Celina, e foi com esse corpo que Madalena nasceu. Unimos os meus conhecimentos de clínico geral e matemático com a experiência em física de Celina e o resto ficou por conta do amigo que não largou um instante o trabalho com a obstinação tão própria da ciência. De início, tudo não passava de uma brincadeira que o tempo tornou séria demais.

Instalamos o cérebro no abdômen, escolhemos um diafragma metálico com ramificações de platina, imaginando a suavidade da voz, e introduzimos células fotoelétricas nos dois globos agressivamente azuis. Os olhos de Madalena me tocaram fundo desde o primeiro instante em que eles se abriram para mim.

As placas polidas nunca apareceram por baixo das camadas de borracha e da pele macia um pouco mais clara do que a tez de Celina. A cabeça de cromo agitava a cabeleira loira e os bytes invisíveis entre o tórax e a bacia deram a ela agilidade, presteza e as mais imprevisíveis emoções. Além disso, um controle remoto e uma pequena sala das máquinas instalada no banheiro de empregada trouxeram Madalena definitivamente para nós.

Fomos felizes por um bom tempo, porque a presença de Madalena ocupou os vazios da casa e os vazios de um casamento sem filhos e sem nenhuma paixão. Ela ajudava Celina no trabalho doméstico, lia meus relatórios em voz alta, organizava os livros e os discos, amanhecia cantando e dormia várias horas a um simples toque de botão. Por precaução, estava programada para nunca aparecer na sala junto com Celina e só saía comigo uma noite ou outra, sabendo que quase não poderia falar. Fazia questão de limpar os vidros da janela todas as manhãs e gostava tanto de ouvir as minhas pequenas aventuras diárias que eu me apaixonei verdadeiramente pela primeira vez por uma mulher.

Tentamos guardar nossos sentimentos por algum tempo, mas Celina acabou percebendo. Alguém disse que amor primeiro não tem companheiro e isto deve ter atingido fundo a medula óssea de Madalena também. Por mais que minha ex-mulher tentasse desativar as nossas emoções e insistisse em ferir os nossos sentimentos, foi ficando cada dia mais só. Nunca pôde buscar a ajuda de ninguém, muito menos de Abigail que sabia do nosso segredo e chegou a nos chantagear.

Mas não matamos Abigail, senhores. Na verdade não matamos ninguém. Celina foi empurrada da janela por Madalena, contrariando as leis da robótica e seguindo os mistérios do coração. Talvez fosse também preservação da vida, porque nesse velho apartamento não havia lugar para duas irmãs. E depois Celina estava decidida a acusar Madalena por um crime que ela nunca cometeu.

Nesses últimos dias, pensei que pudesse fugir com ela ou mantê-la por um tempo no armário, desativando a memória e apertando um simples botão. Impossível, Madalena passou todos os registros para a sua área de segurança que fica do lado esquerdo do cérebro e, no caso dela, bem encostado no coração. Só consegui mudar alguns programas. Por isso ela não tem lavado mais os vidros todas as manhãs, passando a executar a tarefa no período noturno.

Não temos tempo e precisamos urgentemente morrer. Ela está de acordo comigo, sabendo que, se não nos matarmos por vontade própria, seremos mortos por vocês. Não sei se vou colocar ácido nítrico nas juntas, cortar o fio máster da medula óssea ou introduzir uma cápsula explosiva no cérebro que me parece a melhor solução. Quanto a mim, bastará apertar o gatilho com o cano apontado para o céu da boca e ponto final.

Se eu pudesse ao menos dar alguma alegria para ela nesses últimos momentos. Beijar os seus lábios molhados, apertar bem a cintura, me sentir bem junto dela como um homem dentro de uma mulher. Mas não temos tempo e é melhor acabar logo com isso, porque Madalena voltou a chorar essas lágrimas tão tristes e escuras que deixam a sua pele toda manchada de azul.

Philip Symons

Marido troca mulher por robô e tudo acaba em tragédia. O Jornal do País vem acompanhando as investigações do crime da Consolação que ficou conhecido como O Assassinato da Moça da Luneta, mas o caso ainda não está resolvido. No último dia quinze, Celina Symons, uma das suspeitas, morreu vítima de queda do 8º andar do Edifício Luz Del Fuego onde residia. Na ocasião a polícia investigou o local e não descartou a hipótese de crime, dada a semelhança das mortes. Abigail também morreu no ano passado em circunstâncias idênticas.

    Hoje, por volta das 11 horas da manhã, cinco policiais do 204º Distrito invadiram o apartamento de Celina e encontraram o marido abraçado a um robô, ambos literalmente mortos e destruídos. O robô, com as vísceras de fiação e borracha queimada saindo da barriga, tinha as outras partes do corpo intactas e uma incrível semelhança com Celina, de aparência bem mais velha. Philip Symons, o marido, morreu instantaneamente com um tiro no céu da boca e tudo indica que é um caso de suicídio. Junto aos corpos, ou melhor, junto ao corpo do marido e à engrenagem do robô, foi encontrada uma carta escrita por Philip Symons, em que ele explica as razões do seu suicídio e as circunstâncias do assassinato do robô. Em letra manuscrita, o autor da tragédia confessa que amava e destruiu o robô, que por sua vez tinha matado Celina, que por sua vez vinha ameaçando Madalena, que é justamente o nome do robô.

A história ainda está bastante confusa e a polícia busca mais esclarecimentos através de estudos de grafologia. O delegado Honorato Silveira Lima, responsável pelo inquérito, declarou ao Jornal do País que ficou surpreso com uma mancha amarela cobrindo todo o seio direito, inclusive o mamilo, do robô.

Nós voltamos em seguida com notícias sobre a mudança dos preços na cesta básica.

Para BRUCE WAYNE/B.
Rua Antônia de Queiroz, nº 123, 13º andar, apto. 134
CEP 01307-010, São Paulo/Consolação
A/C Hermann Hesse Montenegro

Caríssimo Batman,

    Ainda estou hospitalizado mas, só de tomar coragem e escrever para você, já me sinto muito menos amarelo. Ainda sofro desse mal antigo e espero com a graça de Deus me curar. Quem sabe essa carta seja o primeiro passo para o meu restabelecimento completo, principalmente se você me ajudar.
    Eu sei que existem muitas pessoas que sofrem dessa doença, só que não estão tão comprometidas como eu. Para uns aparece logo, para outros as manchas vão ficando guardadas até que um dia o medo explode na pele e aí não tem mais jeito de esconder. Todos têm dentro de si o vírus dessa epidemia, ultimamente até os robôs. Você deve ter visto na televisão e nos jornais. Alguma coisa deve ter acontecido com ele, disso eu não tenho dúvida. Por isso eu resolvi escrever para você e confessar de uma vez que o ladrão da gargantilha fui eu. Foi a Abigail quem me obrigou, mas isso não foi o motivo do meu problema. Nem a mordida da gata no meu joelho que só aumentou essa cor desesperada que já estava em mim. Os gatos são seres estranhos e sensíveis por dentro dos pelos e ficam com as gengivas amarelas quando se sentem fracos e humilhados.

Foi isso. Eu arranquei a gargantilha dela e a gata olhou profundamente nos meus olhos. Eu me vi sendo visto na íris dilatada de uma fera enjaulada e fiquei assim.

Preciso de você, Batman, porque não vou me livrar nunca dessa lembrança grudenta e pegajosa enquanto tudo não se esclarecer. Você sabe quem é o assassino, eu também. Naquela noite eu saí antes do crime, mas cruzei com o desejo da morte passando bem do meu lado e deixei. Sei muito bem que você também estava lá. Queria apenas que você pegasse o frasco de perfume e arrumasse tudo com muito cuidado, se possível exatamente na mesma hora e no mesmo lugar. Não deve ser nada difícil para você roubar por uma causa justa e eu não posso mais viver ouvindo notícias de pessoas morrendo pelos crimes que não chegaram a realizar. Sei que você me entendeu, imagino que vai saber o que fazer.

André, 29/07/2010, São Lourenço, MG.

PARA HERMANN/ DE BATMAN

Deixei esse vidro de perfume aqui no seu apartamento e você me fará o favor de usá-lo esta noite, com as luzes apagadas e os olhos na luneta. O criminoso vai aparecer. Podia ter tomado essa atitude antes, mas devia sentir um prazer assassino de ficar preservando em todas as pessoas o assassino que vive diariamente em cada um. É esse meu sentimento de justiça exagerado que me faz tão injusto às vezes, sou humano como você. Confie em mim que estarei por perto, como combinamos. Será ao menos uma aventura necessária que me fará imaginar por alguns dias que Robin nunca morreu.

B.

.... tooouuu desconfiado dessa fita e tomara que você me entenda. É lógico que eu levei um tempo pra encarar e acabei achando que não dava pra cair fora. Depois tinha aquela do Morcegão ser meu amigo mesmo e isso não dava pra dar uma de sai fora, brother, que eu não tô nessa. Eu tava com um medo do cacete porque toda hora eu ouvia o barulho do elevador, mas o pior era eu ficar tremendo na base quando uma super-história podia acontecer. Peguei uma faca do meu pai e coloquei do lado da luneta, qualquer coisa eu tava armado e fim de papo. Às vezes eu não acreditava, achava mais outra bobeira do Batman, mas sei lá, resolvi botar fé. Passei o perfume que eu sei que é aquele vidro que eu via com o seu Horácio e senti uma vontade de vomitar porque eu odeio cheiro de jasmim. Apaguei a luz. Tirei o elástico do cabelo, me senti meio andrógino com a cabeleira nas costas e o cu apertadinho. Fiquei olhando na luneta sem olhar direito pra nada. Eu tava ligado na porta e na janela da cozinha querendo mais era desistir. Só não me mandei dali de medo de me mexer. Levei um tempão escutando a porta do elevador, ouvindo barulho de chave, levando um susto atrás do outro. Foi tanto susto que eu fiquei meio brocha e cochilei. A campainha tocou e eu quase caí por cima da luneta, mas não quis nem saber de abrir a porta. Foi nessa hora que eu percebi que o Batman tinha colocado a luneta mais longe da sacada pra eu não cair e senti a maior firmeza do Morcegão. Procurei meio de rabo de olho ver se eu via algum sinal da capa dele e não vi. Mas eu estava superligado e foi o meu sexto sentido que me fez sentir a respiração da gata em cima da mesa olhando pra mim. Só deu tempo de eu tirar fora a cabeça e a Xaxá atravessou por cima da luneta, acho que deu uma porrada num ferro da sacada porque ficou sujo de sangue e de batom que o seu Horácio, com aquela frescura toda, passava nela. E daí ela foi gritando direto sem parar até se estourar na calçada com um puta barulho que fez lá no chão. Nunca pensei, meu. Vou até tomar uma água que eu fico com a língua seca só de contar. Já volto... KLOCT...

Gazeta Meridional, terça-feira, 3 de fevereiro de 2010

O Crime da Gata Triste

O assassino da garota da luneta voa pelo ar

Da Reportagem Local

Finalmente o assassino de Abigail Aparecida Chaud foi descoberto nessa madrugada e, por incrível que pareça, é uma gata. Trata-se de Xaxá, um animal de estimação, estranhamente batizado em cartório com o nome de Maria Alexandrina e herdeiro de todos os bens do seu proprietário, Horácio Ribeiro Falcão, 73. Este confessou que o referido animal era viciado em plantas aromáticas, identificando e admitindo a autoria do crime pelo "felino" diante das evidências.

O fato ocorreu por volta das 24h30 no apartamento de Hermann Hesse Montenegro, 18, situado à rua Antônia de Queiroz no bairro da Consolação, não por acaso o mesmo local onde se deu o trágico assassinato de Abigail que foi empurrada da sacada do 13º andar, em 13 de dezembro de 2009. O atual morador, estudante de comunicações da USP, foi atacado violentamente pela gata nas mesmas condições do crime da garota da luneta, quando tentava localizar a posição do Cruzeiro do Sul com o seu binóculo. Hermann declarou que Xaxá deve ter entrado pelo vitrô da cozinha, possivelmente atraída pelo perfume de plantas do seu apartamento, o que pode ter aguçado a sua natureza sensível aos cheiros, fazendo com que ela voasse pelos ares. O estudante só teve tempo de se desviar do salto-relâmpago e a gata atravessou a sacada percorrendo vertiginosamente os treze andares com um grito diabólico e tão desesperado que acordou a Consolação. A reconstituição do acidente comprovou definitivamente as circunstâncias da morte de Abigail. Ainda não se sabe por que a gata usava batom escarlate no focinho. Entretanto, o fato esclarece definitivamente o enigma das unhas e as marcas de maquiagem encontradas nas costas do vestido da garota da luneta.

É a primeira vez que um animal será julgado por crime premeditado, submetendo-se a adequações e ajustes do Código Penal.

As autoridades estudam o encaminhamento do caso enquanto Xaxá se recupera no Hospital Veterinário Gatos & Gatas com o semblante bastante abatido e uma tristeza profunda no olhar. Com os seus sete fôlegos não foi dessa vez que a gata da Consolação morreu.

Hospital Veterinário Gatos & Gatas
Horácio Ribeiro Falcão/ quarto 33
Entregar em mãos

    Escrevo essa breve carta por mim e por todos os seus amigos do prédio, para fazer chegar até o senhor o nosso abraço, estima e solidariedade, lamentando muito o incidente ocorrido com a Xaxá. Esperamos que ela se recupere o mais rápido possível e que o senhor retorne ao nosso convívio para a alegria de todos nós.

    De alguma forma, nós nos sentimos responsáveis pelo lamentável acontecimento. Afinal de contas, temos andado agitados com a vida, com as pessoas, com as janelas apontadas para os nossos segredos. A sensibilidade da sua gata deve ter percebido a inquietação de cada um de nós.

    Lamentamos, lamentamos muito. Portanto aceite a lista de donativos que segue anexa como prova material do imenso ressentimento que não somos capazes de expressar.

    Abraço afetuoso de todos,
    Sônia

Lista para despesas de recuperação, defesa e proteção da Xaxá

NOME	VALOR - R$
Peggy Lee	150,00
Franklin William Borges Simi	150,00
Sônia de Oliveira Sá	200,00
Frederico Schermann	100,00
Rosaly Louzada Pires e Gastão Louzada Pires	70,00
André Semeone	250,00
Guta Simpson (Augusto, ex-zelador)	120,00
Maria Aparecida Moraes (zeladora)	15,00
Hermann Hesse Montenegro	100,00
Denise Ortiz (Dedé)	100,00
Jal	10,00
Maringoni	10,00
Solange Asdrubal do Nascimento	50,00
Paloma de Palma Martucci	200,00
Maria Lúcia Guedes Nunes	150,00
Margarette Lins	80,00
Acássio Cruz das Neves	50,00
Brigite Bardô da Matta	250,00
Luiz Antônio Sartori	80,00
Júlio Sting Neto	50,00

.... ieeuu já vi você uma pá de vezes em cima da laje e fiquei ligado no visual da sua roupa. Maior colorido, meu. Por isso mesmo ainda tou terminando essa fita mais por mim mesmo. Não sei mais pra onde enviar. Só quero dar um stop nesse papo, entrar numa outra, resolvi que vou ficar aqui mesmo e não é nada difícil eu me amarrar com a Dedé. Dei um chute na lente da luneta, cara, e me senti tremendamente melhor. A última vez que eu usei ela foi pra dar uma geral daquelas de tou fora dessa. Era domingo e o André estava com o apartamento escancarado, bicho, assistindo televisão na maior. Não sei se ele ainda tem aquele problema mas nesse dia a cara dele tava normal. A dona Rosaly, fazia tempo que ela não cantava e o marido dela não estava nem aí com aquele barato do balé. Mas nesse dia era domingo mesmo, cara, e ela ficou um tempão olhando fundo no olho dele e depois os dois vieram juntos até a janela e começaram a chorar. Nessa hora caiu uma chuva super-rápida, de uma hora pra outra assim, com uns pingos escuros que mancharam até a vidraça do seu Horácio que nem viu nada. Ele estava separando uma briga violenta da Xaxá com mais uns três gatos que ele foi obrigado a adotar. Saiu até sangue porque a janela ficou um pouco vermelha e azul. Passou um tempo e o detetive saiu até a rua, anotou o número dos dois prédios meio louco e se mandou na direção da Amaral Gurgel. Nunca mais pintou por aqui. A Peggy Lee também se mandou, o halterofilista entrou numa de boxe lá no Guarujá. É impressionante como as pessoas mudam, é demais como as pessoas vão. A Guta Simpson também andou fazendo um tremendo sucesso no interior e veio aqui buscar a família de terno e gravata na maior moral. Lembra daquela garota que vivia chorando com uma foto do Batman? Essa voltou do espaço e agora ficou viciada em guaraná. Acho que ela sente cócega na garganta com as bolinhas de gás porque ela passa o maior tempo dando uma gargalhada atrás da outra e olhando pro chão. A professora aparece de vez em quando de camisola transparente na janela. É superlindo quando ela pega um livro e deixa um peito ficar bem largado em cima da página. Orra, eu ia me esquecendo de te dizer um negócio que aconteceu naquele domingo. Uma hora eu fiquei de saco cheio como sempre e fui indo com a luneta lá pras estrelas que é um lugar que ainda me dá aquele astral. Não cheguei lá porque eu vi o Morcegão, nessa mesma laje daí que você anda, tentando se atirar. Pelo menos foi isso que eu achei. Certeza também eu não tenho mesmo mas, cara, eu tenho uma bruta de uma impressão que vi no fundo, lá no fundão da laje, uma mulher de branco mostrando pro Batman um quadro que projetava aquele holofote dele, saca?, com o símbolo do morcego soltando pelos olhos uma incrível luz azul. Dessa vez eu não marquei bobeira, é muita piração, meu. Dei aquele chute que eu te disse na luneta, fechei a janela e fiquei torcendo pra não acontecer nada, mas numas de esperar um pouco só pra ver se a porrada dele no chão fazia o mesmo barulho da gata. Não deu pra escutar nada, acho que a capa dele prendeu outra vez ou a mulher de branco... Sei lá, esses caras pra minha cabeça me lembram sempre esses truques incríveis de mágica que é isso mesmo que o Cidadão Tristeza acho que continua fazendo já faz um tempão, mas pra mim, na minha mente, é muita ideia demais.

Dizem que ele aparece e desaparece em tudo que é lugar tirando coelhos de uma cartola superamassada, fazendo uma carta de baralho de qualquer naipe virar figuras coloridas, borboletas, bandeiras de todos os países, até o seu, e uma pancada de morcegos tão escuros, cara, que ficam completamente azuis. O que mais chama a atenção da moçada, isso todo mundo fala, é quando explode um tremendo arco-íris do cinturão. Pode ser que seja papo furado, mas vai saber? Como eu já te falei uma porção de vezes, mistério sempre há de pintar. E depois, naquele domingo, eu aprendi a dar um tempo pra minha cabeça não virar dinamite e a vida cair na real. E também já era tarde e eu precisava tomar banho, dar uma chegada rápida na Dedé. Segunda é um dia do cacete porque eu pego o busão e o metrô que me levam todo dia pra essa faculdade que eu não gosto muito porque não sei mais se sou a fim de ser jornalista, mas que também não me faz perder essa vontade que eu tenho todos os dias de inventar uma história dentro de um livro com palavras que consigam fazer a gente voar. É isso, meu... Nunca mais eu vi o Batman, pode ser até que dessa vez foi ele que morreu. Faz parte, não é? Não, isso não, o Cavaleiro das Trevas nunca que vai acabar. Tou achando mesmo que vocês dois curtem uma onda de se desencontrar, caem fora da história, aparecem e desaparecem, voam, voam por tudo que é lugar e aventura desse mundo, e voltam sempre pro mesmo lugar. Isso está na cabeça de você e, é lógico, meu camarada, na cabeça da gente também. Sem crítica, meu, e na maior. Você é meu brother, o Batman também. Agora se algum dia eu cruzar com você, a primeira coisa que eu vou te perguntar vai ser "qual é a sua, Robin, aqui na Consolação?"

. . . .
TAG

Robinhood2010@hermannlowyz
Quem é vivo sempre aparece. Não dei as caras ainda, mas quem não vê cara pode ver coração. E aí, brother, come here, meu.

The End...

"Escrever para alguém é quase sempre essa necessidade tão humana de aproximar a mão que escreve dos olhos de quem lê."

Jorge Miguel Marinho

© Davilym Dourado

JORGE MIGUEL MARINHO nasceu no Rio de Janeiro e mora em São Paulo desde criança. É professor universitário de Literatura Brasileira, coordenador de oficinas de criação literária, roteirista, ator e autor de diversos livros, entre eles, *Lis no peito - um livro que pede perdão*, prêmio Jabuti; *Na curva das emoções*, prêmio Associação Paulista de Críticos de Arte - APCA; *Te dou a lua amanhã - biofantasia de Mário de Andrade*, prêmio Fundação Nacional do Livro Infantil e Juvenil - FNLIJ.

```
                                      *  PRNIB   *
                                         OZVEK
FOPZNVLE *   *   *   *   *   *   *    *  LANHC   *  *  *  *  *  *  *  *  *
DPEBZLBO                              *  KPCAO
FLIVBAOQ *   *   *   *   *   *   *    *  EFSPD   *  *  *  *  *  *  *  *  *
NZLANECH *   *   *   *   *   *   *    *  ILZUW   *  *  *  *  *  *  *  *  *
XFNAPCMA                                 GTBCA
WANKXUBT *   *   *   *   *   *   *    *  JLIFZ   *  *  *  *  *  *  *  *  *
OHICHADC     *   *   *   *   *       *CPAEFEJOBUIMPDEHMBTDZBPMCPA     *  *
ZODAOXMJ         *   *   *           * PZBQKAIEVNANXENZVLEBGODAXNP
EBOENZMF         *   *   *           * ZPENBLABDLZPENUZLBIEBAPGMDQ
GLEITZVL         *   *               * APZBALTXOELAPVNEPZVOLPQRCPA     *  *
RBAZEKBKZ        *                     PZNEGZALFNQZGJLANCIOZLQBECF
GMVLACIANEB      *   *               *UFVIHGOKNJVWASFTGUCNZPHEALR
ZVOLPQRCPADG             *             GOANVLZPVNFAXHKZMDKLCAXPBEG
ENVLGOAZNGOZ         *               *CBZAPZBALTCAYLFBPZRQCWLVRCI
ELZNAPGNDLEI     *                    *GPARCLZAPGNEIFLACNAZADKHJDN     *  *
ANJEMGLZREYD                          *UOXUCHRUOXPGNNZAQOGENLVBZIE
CPANZLFPQRNW     *                      VOZMROABZPBNAPFKCHXBSIZBEITUZVAVHOAB
AODPZLQWZPGL                           *OEBALVBZLBIOHNRLAQNVOADGDWRLVOXNALGOQ
```

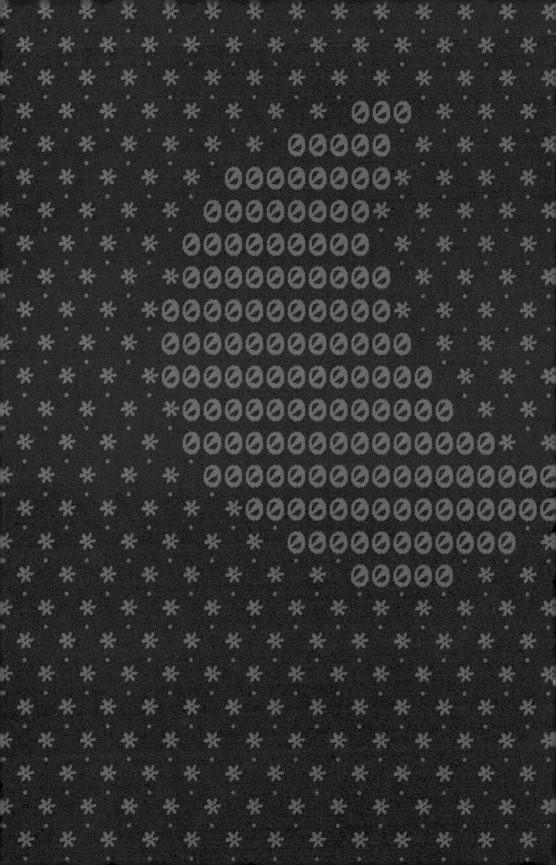